Die großen Romane
Band 94

»In der Wohnung, die auf der Spitze der Île Saint-Louis mehr denn je wie vor den Bug eines Schiffes gespannt ins Leere zu ragen schien, beobachtete Lélia das Spiel, das Sophie und ihre Großmutter miteinander spielten. Obwohl sie doch selbst eine Frau war, verstand sie es nicht, denn es war ein Spiel voller Feinheiten und Nuancen, dessen Regeln nur die beiden allein zu kennen schienen.«

Georges Simenon, geboren 1903 im belgischen Lüttich, gestorben 1989 in Lausanne, gilt als der »meistgelesene, meistübersetzte, meistverfilmte, mit einem Wort: der erfolgreichste Schriftsteller des 20. Jahrhunderts« (*Die Zeit*). Seine erstaunliche literarische Produktivität (75 Maigret-Romane, über 117 weitere Romane), viele Ortswechsel, zwei Ehen und unzählige Frauen bestimmten sein Leben. Rastlos bereiste er die Welt, immer auf der Suche nach dem, »was bei allen Menschen gleich ist«. Das macht seine Bücher bis heute so zeitlos.

Georges Simenon

Drei Frauen

Roman

Aus dem Französischen
von Linde Birk

Atlantik

Die französische Originalausgabe erschien 1959 unter dem Titel
La Vieille im Verlag Presses de la Cité, Paris.
Die deutsche Erstausgabe erschien 1978 unter dem Titel
Die Großmutter im Verlag Kiepenheuer & Witsch.

Atlantik ist ein Imprint
des Hoffmann und Campe Verlags, Hamburg.

1. Auflage 2022
Copyright © 1959 Georges Simenon Limited
GEORGES SIMENON ® Simenon.tm
All rights reserved
Copyright für die deutschen Rechte © 2018
Kampa Verlag AG, Zürich
Copyrigt für die deutsche Übersetzung © 1978, 2013
Diogenes Verlag AG, Zürich,
Copyright für diese Ausgabe © 2022
Hoffmann und Campe Verlag, Hamburg
www.hoffmann-und-campe.de
Umschlaggestaltung: Rothfos & Gabler, Hamburg
Umschlagabbildung: © Arcangel/Diana Sosnowska
Satz: Dörlemann Satz, Lemförde
Gesetzt aus der Stempel Garamond und der Ano
Druck und Bindung: GGP Media GmbH, Pößneck
Printed in Germany
ISBN 978-3-455-01479-2

HOFFMANN
UND CAMPE

Ein Unternehmen der
GANSKE VERLAGSGRUPPE

1

m Hauseingang, der so kalt und feucht wie ein Keller war, blieb der Kommissar kurz stehen und sah auf die Armbanduhr. Er klopfte seinen Mantel aus, das Schneewasser spritzte auf die Steinfliesen und breitete sich dort aus wie auf Löschpapier. Es war fünf Minuten nach elf.

Das erste Mal hatte er sich um halb zehn hier gemeldet; die noch junge, beinah hübsche Concierge, die sich in ihrer gemütlichen Loge zu schaffen machte, hatte sich weder durch seinen Polizeiausweis noch durch sein höfliches Benehmen beeindrucken lassen und war ihm ziemlich mürrisch begegnet.

»Sie wollen die junge Dame doch wohl nicht verhaften?«

»Nein, nein, natürlich nicht.«

»Dann kommen Sie wohl, weil man ihr Auto wieder irgendwo gefunden hat?«

»Ganz und gar nicht. Ich bin nicht einmal ganz offiziell hier. Aber Mademoiselle Émel könnte mir vielleicht eine Auskunft geben, mir möglicherweise sogar helfen ...«

Ohne ihren dröhnenden Staubsauger abzustellen, hatte ihm die Concierge einen spöttischen Blick zugeworfen.

»Wenn Sie etwas von ihr wollen, würde ich sie lieber nicht um diese Uhrzeit stören. Vor elf steht sie nie auf, gewöhnlich wird es sogar zwei oder drei Uhr nachmittags …«

Dies war also sein zweiter Besuch, und bevor er weiterging, fegte er die dicken, schmutzigen Wassertropfen von seinem Hut, setzte ihn dann wieder auf den Kopf und stampfte abwechselnd mit den Füßen, um den schmelzenden Schnee loszuwerden, der auf dem Boden eine große Pfütze bildete. Die Concierge, die über ihrem schwarzen Kleid eine weiße Schürze trug, schaute ihm durch die Glastür gleichgültig zu, ohne ihn zu ermuntern oder ihn davon abzubringen.

Eine Treppe führte links, eine andere rechts von dem Eingangsgewölbe hinauf, beide hatten ein schmiedeeisernes Geländer, dessen Handlauf unten in einer kupfernen Kugel mündete. Im Hintergrund konnte man in einem Hof die Freitreppe eines alten herrschaftlichen Hauses erkennen, einige Schneeflocken waren zwischen den runden Pflastersteinen liegen geblieben.

Da der Kommissar nicht wusste, in welche Richtung er gehen sollte, kam er noch einmal zurück, und die Concierge, die ihn keine Sekunde aus den Augen gelassen hatte, öffnete ihre Tür einen Spaltbreit und sagte herablassend:

»Linke Treppe. Fünfter Stock.«

Er fragte gar nicht erst nach einem Aufzug, denn das war hier unwahrscheinlich. Viele der alten Häuser auf der Île Saint-Louis waren denkmalgeschützt und eigneten sich nicht für den Einbau solch platzraubender Anlagen, und mancher Hausbesitzer lehnte sie auch entrüstet ab.

Der Kommissar stieg langsam die Stufen hinauf. Durch die holzgeschnitzten Türen drang kein Laut. Ab dem dritten Stock nahm er das Geländer zu Hilfe. Im fünften Stock gönnte er sich eine Pause, bis sein Atem wieder ruhig ging, dann drückte er auf den Klingelknopf und wartete ab. Es schien ihm eine Ewigkeit zu dauern, und er sah wieder auf die Uhr. Er wollte gerade ein zweites Mal klingeln, da hörte er innen leise, schlurfende Schritte, dann herrschte wieder Stille; endlich schnappte das gut geölte Türschloss auf.

Die Tür wurde nur etwa zwanzig Zentimeter weit geöffnet. Ein klein gewachsenes, stämmiges Dienstmädchen, das wie die Concierge schwarz-weiß gekleidet war, blickte ihn stumm und herablassend an wie die Frau unten, so als böte der Besucher einen ungehörigen Anblick. Dabei war der Kommissar korrekt, ja sogar elegant gekleidet. Man konnte ihn weder für einen Gerichtsvollzieher noch für einen Staubsauger- oder Lexikavertreter halten.

»Ist Mademoiselle Émel zu Hause?«, murmelte er und reichte dem Mädchen seine Visitenkarte, die er schon unterwegs auf der frisch-gebohnerten Treppe aus seiner Brieftasche gezogen hatte.

Durch die Berührung seines Mantels waren seine Hände nass geworden; er hatte gedacht, für den kurzen Weg hierher auf sein Auto verzichten zu können.

»Ich schaue mal nach.«

Das Dienstmädchen war unentschlossen, ob es die Tür zumachen sollte oder nicht, zuckte dann mit den Achseln und ließ die Tür, wie sie war, ehe es sich entfernte.

Aus dem hinteren Teil der Wohnung hörte er weibliche Stimmen, dann folgte ein eiliges Hin und Her, als versuche man, schnell Ordnung zu schaffen. Deutlich hörbar fragte eine Stimme in seiner Nähe:

»Wo ist er?«

»Ich habe ihn an der Tür stehen lassen.«

Der eichene Türflügel wurde geöffnet, und nun stand der Kommissar jener Sophie Émel gegenüber, die zwar eine gewisse Ähnlichkeit mit all den Zeitungs- und Zeitschriftenfotos hatte, ihm aber doch ganz anders erschien. Nicht zum ersten Mal brachte ihn sein Beruf in Berührung mit dem Privatleben berühmter Leute. Aber diese eng anliegende knallrote Torerohose, die nackten Füße auf dem Teppichboden und der Rollkragenpullover, den die junge Frau hastig über den Kopf gezogen hatte, wodurch sie etwas verstrubbelt aussah, brachten ihn nun doch aus dem Konzept.

Sie hielt seine Visitenkarte in der Hand und sagte noch etwas verschlafen:

»Es tut mir leid, dass Sie hier draußen warten mussten.«

Dabei war deutlich zu spüren, dass es ihr überhaupt nicht leidtat; es war ihr völlig gleichgültig.

»Ich habe mich zu entschuldigen, Mademoiselle …«

Und als wäre es noch früh am Morgen, fügte er hinzu:

»… dass ich Sie zu dieser Stunde störe.«

»Kommen Sie herein.«

Sie führte ihn durch einen weißgestrichenen Flur, und im Vorbeigehen sah er durch eine halb offene Tür in das unaufgeräumte Badezimmer. Kurz darauf traten sie in einen großen, atelierartigen Raum. Dessen breite Fensterfront bildete so etwas wie einen Rahmen für die Türme von Notre-Dame, die sich vor einem noch immer schneeverhangenen Himmel abzeichneten.

In diesem Raum zog sich eine junge Frau rasch einen Morgenmantel über den schwarzseidenen Pyjama. Sie war fast weißblond, und Haut und Augen wirkten so hell, dass man sie für einen Albino halten konnte.

»Ich nehme an, Sie kennen Lélia?«

Der Kommissar hatte auch von ihr schon gehört und sie auf Plakaten und im Fernsehen gesehen.

»Sehr erfreut …«

Mit einer heiseren Stimme, der die Zigaretten und der Alkohol vom Vorabend anzuhören waren, sagte Lélia zu ihrer Freundin:

»Ich lasse euch beide allein …«

»Ach was! Es wird doch wohl keine Geheimnisse geben …«

Auf dem Boden lag ein Paar hochhackige Pumps, ein Abendkleid hing über einer Sessellehne, und auf einem Tischchen standen eine zu drei Vierteln gelehrte Whisky-flasche und daneben zwei Gläser, dazwischen lagen Zigarettenkippen mit Lippenstiftspuren. Vermutlich noch Überreste vom Vorabend, denn auf einem anderen Tischchen dampfte in den Tassen der Kaffee neben zerkrümelten Croissants.

»Setzen Sie sich, Monsieur …«

Sophie Émel warf einen Blick auf die Visitenkarte und fuhr fort:

»Monsieur Charon, nicht wahr?«

Es war ihm etwas peinlich, dass er in das perlgraue Schlafzimmer sehen konnte, dessen zwei nebeneinanderstehende Betten so aufgeschlagen waren, dass man die womöglich noch warmen Mulden erkennen konnte, die die beiden Frauenkörper dort hinterlassen hatten.

»Rauchen Sie?«

Aus Höflichkeit nahm er eine Zigarette an, setzte sich dann wieder auf die äußerste Kante eines satinbezogenen Sessels.

»Ich muss mich entschuldigen, da ich Sie ohne einen offiziellen Anlass belästige. Es ist so, dass ich mich seit einiger Zeit in einer ziemlich unangenehmen Lage befinde und deshalb ein wenig auf Ihre Hilfe hoffe.«

Sophie Émel hockte auf einer Sessellehne, in der einen Hand ihre Kaffeetasse, in der anderen eine Zigarette.

»Ich nehme an, Sie möchten keinen Kaffee? Sie sind bestimmt schon lange auf.«

»Schon ziemlich lange, ja. Also, Ihr Name wurde rein zufällig in Zusammenhang mit der Angelegenheit genannt, die mich gerade beschäftigt. Darf ich Ihnen zunächst einmal eine Frage stellen? Kennen Sie eine Person mit Namen Juliette Viou?«

Ihr Gesichtsausdruck verriet, dass sie überlegte.

»Viou sagen Sie?«

»Die Frau ist heute neunundsiebzig Jahre alt ...«

»Juliette Viou ...«, wiederholte sie.

Und dann noch mehrmals:

»Viou ... Viou ...«

»Warten Sie! Bevor sie Juliette Viou hieß, war sie eine verwitwete Prédicant.«

»Nein, so was!«, warf Sophie ihrer Freundin zu. »Weißt du, wen ich auf diese Weise wiederfinde?«

»Nein.«

»Meine Großmutter!«

Neugierig wandte sie sich wieder dem Kommissar zu.

»Erzählen Sie! Was ist los mit meiner Großmutter? Sie werden mir ja wohl nicht mitteilen, dass sie jemanden umgebracht hat?«

Er hielt ein Lächeln für angemessen.

»Davon kann keine Rede sein.«

»Zuzutrauen wäre es ihr. Ist sie verunglückt?«

»O nein, seien Sie unbesorgt ...«

»Wissen Sie überhaupt, Herr Kommissar, wie lange meine Familie nichts mehr von ihr gehört hat?«

Er fühlte sich nicht wohl in seiner Haut und murmelte:

»Ehrlich gesagt weiß ich nur sehr wenig über die Dame ...«

»Sie hat uns verlassen, als wir noch am Boulevard Saint-Germain wohnten, das ist jetzt ... warten Sie ... das ist jetzt fast fünfzehn Jahre her ... Rechnen Sie selbst nach ... Es war im November oder Dezember 1944, ich weiß nicht mehr genau, im ersten Winter nach der Befreiung von Paris ... Auf den Straßen war noch alles verdunkelt ... Meine Großmutter war damals fünf-undsechzig: für mich und meine Zwillingsschwester mit unseren zwölf Jahren eine sehr alte Frau ... Da Sie sie Juliette Viou nennen, nehme ich an, dass sie wieder ge-heiratet hat ...«

Er nickte und fügte hinzu:

»Seit anderthalb Jahren ist sie zum zweiten Mal ver-witwet.«

»Hat sie während dieser ganzen Zeit in Paris gelebt?«

Er nickte wieder, suchte nach Worten.

»Der Anlass für meinen Besuch ist gerade ihr Wohn-sitz, oder vielmehr die Wohnung, in der sie lebt ...«

Er war bei der Ausübung seiner Pflichten immer um Takt bemüht, aber noch nie war ihm eine Angelegenheit so heikel erschienen wie jetzt.

»Möchten Sie vielleicht etwas trinken?«

»Nein, danke.«

»Lélia, schenk mir einen Scotch ein. Der Kaffee schlägt mir auf den Magen. Nimm dir auch einen, wenn du Lust hast ...«

Zum Kommissar gewandt, fügte sie erklärend hinzu:

»Wir sind beide ziemlich verkatert. Als Sie geklingelt haben, wollten wir gerade wieder ins Bett gehen und waren darum auch ziemlich perplex, als Louise meldete, dass ein Polizeikommissar mich sprechen will. Aber Sie sagen, meine Großmutter sei ...«

»Es ist ein komplizierter Fall. Seit vielen Jahren wohnt sie in einem alten Haus an der Rue de Jouy ...«

»Also nur ein paar Schritte von hier auf der anderen Seite der Brücke?«

Er fuhr fort:

»Sie haben vielleicht vom Fenster aus beobachtet, wie die alten Häuser im Rathausviertel und im Saint-Paul-Viertel der Reihe nach abgerissen wurden. Das ist Teil eines Sanierungsplanes, der schon lange abgeschlossen sein sollte ...«

»Kein Wasser, Lélia! Zuerst einmal einen Schluck ohne Wasser!«

Sie stürzte den Whisky wie eine Droge gierig hinunter, schüttelte sich kurz und schien sich nun viel besser zu fühlen als vorher.

»Erzählen Sie weiter.«

»Madame Juliette Viou hat also zunächst mit ihrem Mann und später allein in einer Wohnung im obersten Stockwerk eines Hauses gelebt, dessen Mieter schon vor zwei Jahren die Kündigung erhalten haben.«

»Und meine Großmutter hat sich natürlich geweigert auszuziehen.«

Sie wandte sich an ihre Freundin.

»Hörst du das, Lélia? Ich muss dir einmal von ihr erzählen. Sprechen Sie weiter, Kommissar.«

»Die Wohnungen wurden der Reihe nach geräumt. Auf manchen Stockwerken gibt es inzwischen schon keine Türen und keine Fensterscheiben mehr. Eine der Außenmauern, die eine Gefahr für die Nachbarhäuser und die Passanten geworden ist, hat man so gut wie möglich abgestützt. Von Rechts wegen hätte das Haus schon vor eineinhalb Jahren abgerissen werden müssen, und ich weiß nicht, wodurch sich die Arbeiten verzögert haben. Jedenfalls hat sich ein Schuster in seiner zum Hof gelegenen Bude bis vor einem Monat dort gehalten. Und Ihre Großmutter …«

Er verbesserte sich:

»Ich will sagen, Madame Viou …«

»Sie können ruhig ›Ihre Großmutter‹ sagen.«

»Bis vor drei Wochen wussten wir überhaupt nicht, dass sie nach wie vor im obersten Stockwerk lebt. Sie müssen wissen, dass die Mansardenfenster oberhalb des Dachgesimses liegen, sodass man von der Straße aus …«

»Sie wohnt also noch immer dort?«

Sophie goss nun ganz wenig Wasser nach und zündete sich eine neue Zigarette an.

»Hör gut zu, Lélia! Klingt, als würde es spannend.«

»Ich habe mich vor allem deshalb gewundert, dass sie noch da war, weil Wasser, Gas und Strom schon vor über einem Jahr abgestellt worden sind. Auf Anweisung des Bauamtes habe ich zunächst einen Inspektor hingeschickt. Er ist in den fünften Stock hinaufgestiegen, hat an die einzige noch vorhandene Tür geklopft, aber erst, als er damit drohte, die Tür einzutreten, hat eine Stimme von drinnen geantwortet:

›Sagen Sie Ihrem Chef, dass ich schon 1902 hier war, als er noch nicht einmal geboren war, und dass mich keiner hier lebendig hinausbringt.‹«

Der Kommissar beeilte sich hinzuzufügen:

»Entschuldigen Sie, dass ich diesen Satz hier wiedergebe, aber er macht deutlich, mit welchem Widerstand wir in diesem Fall zu rechnen haben.«

»Keine Angst, mich schockiert das nicht.«

Und nachdem sie erneut einen Schluck getrunken hatte, fügte Sophie hinzu:

»Im Gegenteil!«

»Die Abrissarbeiten hätten eigentlich gestern endlich beginnen sollen, doch ich habe noch mal einen Aufschub bis morgen durchsetzen können. In den letzten Wochen sind meine Beamten immer wieder in der Rue de Jouy vorbeigegangen, und als sie in ihrer Verzweiflung schließlich mit einem Schlosser anrückten, hat Madame Viou durch die Tür gerufen:

›Wenn Sie versuchen, hier mit Gewalt einzudringen, springe ich aus dem Fenster.‹«

»Hörst du das, Lélia? … Und dann? …«

»Von den verwaltungstechnischen und rechtlichen Problemen, die durch diese Angelegenheit entstehen, spreche ich erst gar nicht …«

»Also verhindert meine Großmutter gewissermaßen im Alleingang den Abbruch des Gebäudes?«

»In den letzten zwei Wochen haben Beamte in Zivil das Haus Tag und Nacht bewacht, damit Ihre Großmutter, falls sie doch einmal herauskommt, nachher nicht wieder hineingehen kann.«

»Aber sie ist nicht herausgekommen!«

»Sie wirft nur jeden Tag leere Konservendosen aus

dem Fenster, wie um uns zu verhöhnen. Es scheint so, als habe sie sich für einen Belagerungszustand eingedeckt.«

»Aber wie kommt sie an Wasser?«

»In letzter Zeit hat es leider oft geregnet. Und ihre Nachbarn in den umliegenden Häusern haben beobachtet, wie sie sich nach jedem Regenguss aus dem Fenster beugt, um aus der Dachrinne Wasser zu schöpfen. Sie muss ganze Eimer voll in Reserve haben.«

»So sind Sie also letztlich machtlos?«

»Ich könnte mich über ihre Drohungen hinwegsetzen und einfach die Tür aufbrechen lassen. Wer weiß denn, ob sie sich wirklich aus dem Fenster stürzen würde.«

»Meiner Meinung nach würde sie es aber wahrscheinlich tun.«

»Der Doktor ist ebenfalls dieser Meinung.«

»Der Doktor?«

»Ich war auch zweimal dort und habe durch die Tür mit ihr verhandelt, und beim zweiten Mal war ein Psychiater dabei.«

»Wollen Sie sie etwa in eine Anstalt einliefern?«, fragte Sophie Émel in scharfem Ton.

»Diese Frage stellt sich nicht mehr, nachdem wir wissen, wer Madame Viou ist … Bitte betrachten Sie den Fall einmal vom verwaltungstechnischen Standpunkt aus … Bis vor kurzem hatten wir so gut wie nie mit ihr zu tun, wussten kaum von ihrer Existenz … Erst vor einem Monat haben wir unsere Kartei überprüft, und auch jetzt wissen wir nur …«

Er zog ein Blatt aus seiner Tasche, auf dem er alles Wichtige notiert hatte.

»Juliette Thérèse Marie-Joseph Minoré, geboren am 12. September 1879 in Moulins, Département Allier, verehelicht mit Adrien Dieudonné Viou am 15. November 1901 im Standesamt von Moulins …«

»Ich wusste, dass sie schon eine Ehe hinter sich hatte, bevor sie meinen Großvater heiratete, aber nicht, mit wem. Was war dieser Viou von Beruf?«

»Er ist als Journalist gemeldet. Er und Ihre Großmutter haben sich 1910 scheiden lassen, und 1911 hat sie Gilbert Prédicant, Druckereibesitzer in Paris, geheiratet.«

»Meinen Großvater. Er ist gestorben, als ich vier Jahre alt war, und meine Großmutter lebte danach bei meinen Eltern am Boulevard Saint-Germain, von wo sie 1944 plötzlich verschwunden ist …«

»Aus den standesamtlichen Unterlagen geht hervor, dass sie zu ihrem ersten Mann zurückgekehrt ist, den sie drei Jahre später wieder geheiratet hat. Erstaunlicherweise wohnte Viou immer noch in der Rue de Jouy, wo er seit 1901 gemeldet war. Und jetzt, 1959, lebt Ihre Großmutter weiterhin in derselben Wohnung und weigert sich auszuziehen. Da sie nicht beim Fürsorgeamt gemeldet ist, können wir davon ausgehen, dass sie über irgendwelche Geldmittel verfügt. Weder sie noch ihr Mann waren jemals in einem Krankenhaus. Selbst wenn es uns gelingt, sie mit Gewalt zum Verlassen ihrer Wohnung zu zwingen, so können wir sie ja nicht einfach auf die Straße setzen.

Bitte verstehen Sie mich richtig. Solange sie nicht krank ist, können wir sie auch nicht so ohne weiteres in eine der städtischen Pflegeeinrichtungen einliefern. Andererseits haben wir keine andere Wohnung zur Verfügung, in der wir sie einquartieren könnten.

Sehen Sie das Problem? Stellen Sie sich vor, meine Männer kommen mit ihr die Treppe herunter, und dann stehen sie draußen, auf einer belebten Straße, mit einer alten Frau, die um sich schlägt und schreit …«

»Und deshalb überlegen Sie, sie in eine Anstalt einzuweisen?«

»Eine Zeit lang ist mir das als die einzige Lösung erschienen, denn ihre hartnäckige Weigerung, das einsturzgefährdete Haus zu verlassen, kann durchaus als ein Zeichen geistiger Verwirrung gedeutet werden …«

»Was sagt der Psychiater?«

»Er hat ihr Fragen gestellt.«

»Durch die Tür?«

»Anders ging es ja nicht.«

»Und sie hat darauf geantwortet?«

»Sie redet gern. Sie ist auch recht munter. Sie hat sich über uns beide lustig gemacht und behauptet, sie hätte noch für sechs Monate Vorräte und auch genug Petroleum für ihren Kocher. Allein die Vorstellung von Petroleum in dieser Bruchbude …«

»Und hält der Arzt sie für verrückt?«

Der Kommissar wirkte verlegen.

»Er wäre allenfalls bereit, eine Zwangseinweisung zur vorläufigen Beobachtung zu unterschreiben, aber nachdem wir nun wissen, dass sie Familie hat, können wir ohne deren Zustimmung nichts unternehmen.«

»Sie sind also gekommen, um meine Einwilligung zu erhalten?«

Sie maß ihn mit einem ähnlichen Blick wie vorher die Concierge und das Dienstmädchen.

»Nein. Mir ist nur allzu bewusst, wie heikel das alles ist. Als ich zufällig erfuhr, dass Sie möglicherweise mit Juliette Viou verwandt sind ...«

»Wer hat Ihnen das mitgeteilt?«

»Wie gesagt, reiner Zufall. Einer meiner Beamten hat kürzlich Ihre Lebensgeschichte in einer Zeitschrift gelesen. Darin war von Ihrer bürgerlichen Herkunft die Rede, dass Ihr Vater ein bekannter Verleger und Ihr Großvater mütterlicherseits der Eigentümer der Druckerei Prédicant war ... Bei dem Namen wurde der Beamte stutzig ... Er hat sich daran erinnert, ihn schon irgendwo gelesen zu haben, und daraufhin noch einmal die Akten von Juliette Viou überprüft ... Ein reiner Zufall ... Während wir hier sprechen, haben sich meine Männer auf der Treppe der Rue de Jouy, auf dem Gehsteig und im Hof postiert ... Und morgen früh rücken die Abrissleute an ... Aber ich dachte plötzlich, dass Sie vielleicht dazu bereit wären, mit Ihrer Großmutter zu sprechen ...«

»Und was soll ich ihr sagen?«

»Ich weiß auch nicht. Sie muss einfach begreifen ...«

»Wann soll das sein?«

»Ich hoffte ...«

»Sie wollen, dass ich sofort mitkomme? Was hältst du davon, Lélia?«

»Sie ist nicht meine Großmutter.«

»Kommst du mit?«

»Lieber nicht.«

Sophie Émel wandte sich wieder an den Kommissar.

»Es sind doch hoffentlich keine Journalisten und Fotografen dort?«

»Sie können sich bestimmt denken, dass ich in dieser Situation keinerlei Interesse daran habe, die Presse zu benachrichtigen …«

Sophie öffnete eine Tür.

»Louise! Leg mir meine Kleider zurecht.«

»Was wollen Sie anziehen, Mademoiselle?«

»Irgendetwas. Ich bitte Sie um zehn Minuten Geduld, Kommissar …«

Sie kam noch einmal zurück, um ihr Glas auszutrinken, und zog dann die Schlafzimmertür hinter sich und dem Dienstmädchen zu.

Da sie mit dem Kommissar allein zurückblieb, suchte die albinoblonde Sängerin nach einem Gesprächsstoff.

»Sie ist ein prima Kerl!«, seufzte sie schließlich. »Man würde nie denken, dass sie jede Woche ihr Leben aufs Spiel setzt, ja, manchmal sogar mehrmals in der Woche.«

Monsieur Charon ließ seinen Blick über die Wände schweifen und wunderte sich, dass dort keine einzige Fotografie von Sophie Émel hing, die nicht nur fünf oder sechs Weltrekorde im Fallschirmspringen hielt, sondern auch schnelle Flugzeuge steuerte und das Rennen von Montlhéry fuhr.

Dabei gab es sehr viele Fotos, fast alle mit Widmung, doch darauf waren Flieger, Sportchampions, Theater- und Filmschauspieler zu sehen.

Die Tür öffnete sich einen Spalt, und Sophie rief:

»Biete ihm etwas zu trinken an, Lélia. Es ist schon fast Mittag, da wird er vielleicht doch einen Aperitif nehmen.«

»Was trinken Sie?«

»Dasselbe«, sagte er und zeigte auf die Flasche.

»Wie ihre Großmutter wohl reagieren wird?«

Draußen fiel immer noch Schneeregen; darunter waren dicke Flocken, die, sobald sie den Boden oder die Dächer berührten, schmolzen. Zwischen den beiden Seine-Armen, die so graugrün schimmerten wie alte Flaschen, hob sich ein Angler schwarz von dem steinernen Vorsprung ab.

Sophie Émel erschien bereits wieder. Sie hatte jetzt Schuhe an und ein dunkles Wollkleid unter einem pelzgefütterten Regenmantel. Der Kommissar fragte sich, ob das wohl Nerz war. Ihm war schon zu Ohren gekommen, dass es nerzgefütterte Regenmäntel gab, was er jedoch nicht hatte glauben wollen. Doch bei dieser schlecht frisierten jungen Frau, die mit den Händen in den Manteltaschen und ohne Hut aus dem Haus gehen wollte, wunderte ihn gar nichts mehr.

»Gehen wir?«

»Bitte, nach Ihnen.«

»Wollen Sie Ihr Glas nicht austrinken?«

»Nein, danke.«

»Sie Glücklicher«, sagte sie wie nebenbei, goss sich etwas Whisky ein und trank ihn in einem Zug aus.

Dann, fast fröhlich:

»Auf geht's zu meiner Großmutter!«

Wegen des schlechten Wetters waren nur wenig Leute auf der Straße. Man brauchte nur den Pont-Marie zu überqueren und durch die Rue des Nonnains-d'Hyères zu gehen, um in die Rue de Jouy zu gelangen. Vier oder fünf Passanten drehten sich nach der jungen Frau um und schienen sich zu fragen, ob das nicht die Person sei, über die so viel in den Zeitungen stand.

Mehrere Gebäude in den benachbarten Straßen waren mit Balken abgestützt, und die Lücken zwischen den Häusern bezeugten, dass die Abrissleute hier schon am Werk gewesen waren.

In der Rue de Jouy standen drei Männer abwartend da und blickten ab und zu nach oben.

»Es sind noch mehr von meinen Leuten da. Ich hatte ebenfalls kurz überlegt, die Feuerwehr einzuschalten, aber …«

Sie schüttelte die Wassertropfen aus ihrem Haar und folgte dem Kommissar in einen dunklen, langen Hausflur, in dem alte Zeitungen und verschiedenste Abfälle herumlagen, als sei das Haus zum Müllabladeplatz des ganzen Viertels geworden. Auf dem ersten Treppenabsatz stand ein Inspektor auf Posten, der seinem Chef eine Taschenlampe reichte. Sie war dringend nötig, denn die Fenster waren mit Brettern zugenagelt, einige Treppenstufen fehlten, und es gab auch kein Geländer mehr.

Im nächsten Stockwerk standen zwei Männer, die nur an ihre Hutkrempe tippten und sie wortlos vorbeiließen.

Die Wohnungstüren waren entfernt worden. Man konnte vergilbte Tapeten sehen, die voller Flecken waren, als habe jemand absichtlich darauf herumgeschmiert, eingestürzte Kamine, Löcher im Parkett. Sophie stieß mit dem Fuß an eine Konservendose und bemerkte:

»Da – die hier hat sie nicht aus dem Fenster geworfen!«

Es zog von allen Seiten, und auf den ehemals weißen Wänden waren obszöne Zeichnungen und Kritzeleien zu erkennen.

»Entschuldigen Sie, bitte …«, sagte der Kommissar und leuchtete mit seiner Taschenlampe schnell in eine andere Richtung. »Sie wohnt im Stockwerk über uns. Ist es Ihnen lieber, wenn ich Sie allein gehen lasse?«

Sie erschien ihm jetzt blasser, doch das kam vielleicht nur vom Treppensteigen.

»Das ist mir gleichgültig.«

»Soll ich hier warten?«

Sie zuckte nur mit den Schultern und ging weiter hinauf, die Hände noch immer in den Taschen ihres Gabardinemantels, und dabei schüttelte sie erneut den Kopf, um die Haare aus dem Gesicht nach hinten zu werfen.

Im fünften Stock gab es nur noch eine Tür. Womöglich hatte die alte Frau die anderen beiden verheizt, auch die Türrahmen fehlten teilweise.

Der Kommissar stand bewegungslos und in ganz verkrampfter Haltung; er vermied es, sich irgendwo anzulehnen, und ein Treppengeländer, um sich aufzustützen, war auch nicht mehr da. Er lauschte in die Stille hinein. Dann, nach einer halben Ewigkeit, hörte er, wie ein Streichholz angerieben wurde. Vermutlich Sophie, die sich eine Zigarette anzündete. Er hörte ein Räuspern. Dann Sophies Stimme, die zaghaft fragte:

»Bist du da, Großmama?«

Nichts rührte sich.

»Ich weiß, dass du da bist. Erkennst du meine Stimme nicht?«

Hinter der verriegelten Tür herrschte noch immer Stille.

»Ich bin Sophie, eine von den Zwillingen, wie du uns immer genannt hast, meine Schwester und mich.«

Nun ließ sich ein leises Geräusch vernehmen. Die Alte hatte sich wohl näher an die Tür gestellt, um besser hören zu können, denn die draußen vorüberfahrenden Busse ließen das ganze Haus erzittern.

»Wer beweist mir, dass wirklich du es bist?«

Die Stimme klang fest, erstaunlich hell.

»Du hast recht! Ich habe nicht daran gedacht, dass sich meine Stimme verändert haben muss. Vielleicht erinnere ich dich am besten an das, was im November 1944 geschah? Damals haben Adrienne und ich eines

Abends, als wir von der Schule zurückkehrten, erzählt, draußen vor dem Haus würde ein Mann herumstreichen … Er war uns schon in den Tagen davor immer wieder aufgefallen …

Ich habe auch erzählt, er würde zwar ein Bein nachziehen wie ein Clochard, sei aber trotzdem nicht schlecht gekleidet … Vater hat zum Fenster hinausgeschaut und behauptet, niemanden zu sehen, aber er war doch beunruhigt … Kannst du dich noch erinnern? … Er hatte Angst, sie wären hinter ihm her wegen einiger Bücher, die er während des Krieges veröffentlicht hatte … Einige Tage nach der Befreiung war einer seiner Kollegen nämlich aus demselben Grund auf der Straße niedergeschlagen worden, als er aus seinem Büro kam …

Du hattest damals gerade Grippe, aber du hast trotzdem mit uns gegessen, denn du warst immer hungrig …«

Sophie schwieg. Die alte Frau hinter der Tür schwieg ebenfalls, und als sie endlich etwas sagte, stellte sie nur die misstrauische Frage:

»Was willst du überhaupt hier?«

Dann, mit schriller Stimme:

»Du wolltest mir doch wohl nicht etwa einen Fallschirm bringen?«

»Ich habe erst heute Vormittag erfahren, dass du noch am Leben bist.«

»Von wem?«

»Vom Polizeikommissar.«

»Steht der neben dir?«

»Er steht nicht hier auf dem Treppenabsatz, sondern weiter unten.«

»Aha, das ist also sein schlauer Plan! Ich habe mich schon gewundert, dass mich niemand mehr belästigt hat. Du kannst ihm sagen, dass er sich verrechnet hat, falls er glaubt, ich käme hier jemals heraus.«

»Warum willst du denn unbedingt da drinbleiben?«

»Du bist zu jung, Mädchen, um das zu verstehen. Und wahrscheinlich wirst du es – nach dem wenigen, was ich von dir weiß – überhaupt nie verstehen. Dies hier ist mein Zuhause, der Ort, an dem ich gelebt habe, zu dem ich zurückgekehrt bin und wo ich auch …«

Der Satz blieb unvollendet, es folgte eine lange Pause.

»Bist du noch da?«, fragte die alte Frau schließlich fast zaghaft.

»Ja.«

»Hat dir der Kommissar gesagt, dass ich zum Fenster hinausspringe, wenn sie die Tür aufbrechen?«

»Ja, das hat er.«

»Ich tu's wirklich.«

»Ich weiß.«

»Woher willst du das wissen?«

»Weil ich es vielleicht auch tun würde.«

»Du?«

»Warum nicht?«

»Deine Mutter wäre dazu jedenfalls nicht imstande. Wo ist sie überhaupt, deine Mutter, lebt sie noch?«

»Sie hat sich eine Villa an der Côte d'Azur bauen lassen, in Mougins.«

»Lebt sie allein?«

»Keine Ahnung.«

»Seht ihr euch denn nie?«

»Selten.«

»Und Adrienne?«

»Meine Schwester ist verheiratet und hat zwei Kinder. Ihr Mann ist Stabschef im Finanzministerium.«

»Und warum hat man nicht sie hergeholt?«

»Ich weiß nicht. Vermutlich haben sie nicht herausbekommen, dass sie deine Enkelin ist. Oder sie haben sich nicht getraut.«

»Also, herzlichen Dank, dass du dich herbemüht hast. Richte ihnen aus, dass sich damit nichts ändert.«

»Morgen früh wird mit den Abbrucharbeiten begonnen.«

»Dann sollen sie doch abreißen. Ich werde dann eben mitsamt den Mauern in den Abgrund stürzen.«

Da der Kommissar nichts mehr hörte, war er schon drauf und dran, einige Stufen hinaufzugehen. Doch die junge Frau war mit Absicht in Schweigen verfallen.

Ihre List ging auf, denn hinter der Tür ließ sich nun eine weniger selbstbewusste Stimme vernehmen.

»Sophie!«

»Ja.«

»Ich dachte schon, du bist weg.«

»Ich bin noch hier.«

»Worauf wartest du?«

»Und du?«

»Ich warte auf gar nichts mehr. Deshalb sind sie ja

auch so wütend. Sie wissen, dass es mir nichts ausmacht, aus dem Fenster zu springen oder wenn mir das Dach über dem Kopf zusammenfällt. Und weil sie am Ende ihrer Weisheit sind, haben sie dich geholt, weil sie sich erhofft haben, du würdest mich hier herauslocken und dann in eine Anstalt bringen.«

»Warum in eine Anstalt?«

»Haben sie dir nichts davon gesagt? Dass sie sogar einen Arzt mitgebracht haben, der mir durch die Tür Fragen gestellt hat. Die glauben, ich bin verrückt. Vielleicht meinst du das ja auch?«

»Nein.«

»Trotzdem werden sie mich da einliefern. Sie wissen nicht, was sie sonst mit mir anfangen sollen.«

»Und warum kannst du nicht in eine andere Wohnung ziehen?«

»Erstens habe ich fast kein Geld mehr. Und zweitens und vor allem will ich nicht allein leben.«

»Aber hier bist du doch auch allein!«

»Hier ist es etwas anderes. Du kannst das nicht verstehen.«

Eine unerwartete Frage verriet, dass die Alte Sophie schon die ganze Zeit durchs Schlüsselloch beobachtet hatte.

»Ist das Pelz unter deinem Regenmantel?«

»Ja.«

»Nerz?«

»Ja.«

»Gut. Du kannst jetzt gehen. Mit wem lebst du?«

»Manchmal allein, manchmal mit einer Freundin.«

»Nie mit einem Mann?«

»Bis jetzt nicht.«

»Wie alt bist du? ... Warte ... Lass mich nachrechnen ...«

»Siebenundzwanzig.«

»Sieht ganz so aus, als würdest du nicht mehr heiraten.«

»Ich werde sicher nicht heiraten.«

»Bist du unglücklich?«

»Diese Frage stelle ich mir nicht.«

»Später wirst du sie dir stellen. Adieu!«

»Gehe ich dir auf die Nerven?«

»Eher umgekehrt ich dir, nicht wahr? Du müsstest doch langsam genug haben von der Rumsteherei da draußen auf dem zugigen Treppenabsatz. Ich kann wenigstens sitzen. Hast du schon zu Mittag gegessen?«

»Noch nicht.«

»Ich auch noch nicht. Dir zu Ehren werde ich mir eine Dose Langusten aufmachen.«

»Wir könnten auch bei mir essen.«

»Ich sehe schon, worauf du hinauswillst.«

»Ich wohne nur drei Schritte von hier, auf der Île Saint-Louis.«

»Schon lange?«

»Seit drei Jahren.«

»Merkwürdig, dass wir uns nie begegnet sind. Mit Adrien bin ich oft auf der Insel spazieren gegangen, um den Hund auszuführen. Das arme Tier ist sechs Monate nach seinem Herrchen an Altersschwäche gestorben, und bis zum Schluss bin ich noch mit ihm an der Seine entlangspaziert … Vielleicht bin ich dir dabei auch mal über den Weg gelaufen, ohne dich zu erkennen … Allerdings habe ich dein Bild ziemlich oft in der Zeitung gesehen … Deine Mutter ist bestimmt nicht besonders glücklich darüber, dass du diesen Beruf hast …«

»Hör zu, Großmama …«

»Ich gehe nicht in die Anstalt.«

»Ich spreche nicht von der Anstalt. Ich könnte eine Wohnung für dich mieten …«

»Nein.«

»Und wenn du bei mir wohnen könntest?«

»Mit dir *zusammen*?«

»Ich habe nicht vor, deinetwegen auszuziehen.«

»Und deine Freundin?«

»Du würdest sie nicht stören.«

»Aber dich würde ich stören. Du redest jetzt nur so, weil du mich gerade wiedergefunden hast und weil dich der Gedanke, dass ich aus dem Fenster springen könnte, erschreckt …«

»Ich bin siebenundzwanzig.«

»Na und?«

»Ich bin mit achtzehn von zu Hause weggegangen.«

»Was hat deine Mutter dazu gesagt?«

»Das hat keine Bedeutung. Ich lebe schon länger allein als du … Vielleicht kämen wir sogar gut miteinander zurecht. Es sei denn, du hast etwas dagegen, dass ich trinke …«

»Du auch?«

Und nach einer Pause fügte sie in einem wärmeren Ton hinzu:

»Was trinkst du?«

»Whisky.«

»Der ist teuer. Ich gebe mich mit Wein zufrieden.«

Darauf ging der Kommissar leise ein Stockwerk hinunter, dann noch eines. Er horchte weiter und machte seinen Leuten Zeichen, sich zu entfernen. Einige Minuten später hörte er schließlich, dass oben eine Tür geöffnet wurde.

Er ging jetzt bis ganz nach unten und wies die Beamten, die auf dem Gehsteig postiert waren, an, sich zu zerstreuen. Er selbst überquerte die Straße und betrat ein Bistro mit beschlagenen Fensterscheiben, stellte sich an die Theke und wartete.

2

Da dies im Grunde eine Kontaktaufnahme war, von
der so viel abhängen würde, hatte jedes Wort, jede
Geste, jede Betonung Gewicht, und die beiden Frauen,
die sich dessen bewusst waren, erlebten diese Minuten
mit aller Bedachtsamkeit und wie in Zeitlupe.

Der Polizeikommissar in dem überheizten Bistro
gegenüber, wo gerade ein paar Gipser Pause machten,
wunderte sich, dass niemand aus dem Haus kam. Für
seine Begriffe war schon alles erledigt gewesen, als er
gehört hatte, wie sich der Schlüssel im Schloss drehte.
Dabei fing alles erst an.

Woher hätte er auch wissen sollen, dass Großmutter
und Enkelin im obersten Stockwerk des heruntergekommenen Hauses einander reglos gegenüberstanden
und sich, wie aus einem uralten Instinkt heraus, vorsichtig belauerten wie wilde Tiere im Wald?

Nachdem der Schlüssel umgedreht und der Riegel
zurückgeschoben war, hatte Juliette Viou – wohl mit
Absicht – die Tür nur gerade dreißig Zentimeter weit
geöffnet; der Spalt war zu schmal, um jemanden einzulassen. Die Botschaft war klar: Ihr Beitrag war geleistet.
Wenn die Besucherin jetzt eintreten wollte, so musste
sie schon selbst die Tür aufstoßen.

Auch hatte sie Sophie nur einen kurzen Blick zugeworfen, ohne sie genauer zu mustern. Einen Blick, der frei von jedem Gefühlsausdruck war, gerade so, als wäre es für die beiden Frauen das Natürlichste der Welt, sich hier auf diesem Treppenabsatz gegenüberzustehen, nachdem sie fünfzehn Jahre lang nichts voneinander gehört hatten.

Sophie bewegte sich ebenfalls nicht von der Stelle, sondern wartete einfach, so wie man auf jemanden wartet, der nur noch seinen Hut aufsetzen muss.

»Ich bin gleich fertig …«

Alles, was die junge Frau von der Wohnung erkennen konnte, war ein Stück weiße Wand, die aussah, als wäre sie, wahrscheinlich im Gegensatz zur übrigen Wohnung, erst kürzlich neu verputzt worden, sowie blitzsaubere rote Fliesen. Auf einer Kommode aus Kirschbaumholz standen ein Kupferkessel, eine kleine gerahmte Fotografie und eine Flasche, genauer gesagt eine Literflasche Rotwein und ein Glas mit einem Bodensatz der violettroten Flüssigkeit.

Die Alte, von der nichts zu sehen war, ging leichtfüßig und gezielt hin und her. Dem mitunter entfernten Geräusch ihrer Schritte zu entnehmen, hatte die Wohnung zwei oder drei Zimmer.

»Hast du dein Auto unten stehen?«

»Nein. Ich bin zu Fuß gekommen.«

Juliette erwiderte nichts darauf, doch es war zu spüren, dass sie nicht von ungefähr gefragt hatte, sondern dass hinter jedem ihrer Worte eine bestimmte Absicht stand.

Sie machte sich reichlich zu schaffen, schleppte schwere Gegenstände, öffnete Schubladen und Schränke.

»Möchtest du etwas trinken? Leider kann ich dir nur Rotwein anbieten.«

»Jetzt nicht, danke.«

Die alte Frau erschien wieder im Blickfeld, um sich ein Glas einzuschenken, das sie dann in eine nicht einsehbare Ecke des Raumes mitnahm.

»Du hast natürlich Zentralheizung?«

»Ja.«

»Auch in dem Zimmer, in dem ich wohnen soll?«

»Überall.«

Sophie erklärte nicht genauer, dass sie außer ihrem eigenen Zimmer nur zwei winzige dunkle Kammern mit Blick zum Hof hatte. Diese Kammern waren in ihrem Mietvertrag als Dienstbotenzimmer aufgeführt, und Louise bewohnte eines davon. Das andere war bis jetzt als Abstellraum benutzt worden.

»Wäre es nicht besser, du würdest ein Taxi holen?«

»Warum?«

»Ich muss einige Sachen mitnehmen. Aber du hast recht. Es lohnt sich nicht, deswegen ein Taxi zu nehmen. Pilou kann das erledigen. Wenn du ihn nur vielleicht darum bitten könntest, einen Augenblick heraufzukommen. Er ist der Sohn des Kohlenhändlers, zwei Häuser weiter … Bist du noch da?«

»Ja.«

»Hast du es sehr eilig?«

»Nein.«

»Es dauert nicht mehr lange. Ich mache, so schnell ich kann. Der Kommissar und seine Leute bilden sich ein, dass ich immer nur Konserven gegessen habe, seit sie das Haus beobachten. Aber sie irren sich. Ich habe sogar noch frisches Brot übrig. Pilou hat es immer abends an eine Schnur gebunden, die ich hinuntergelassen habe. Und nicht nur Brot. Es macht dir doch nichts aus, ihn zu holen? Er soll einfach seinen Handkarren vor den Hauseingang stellen und heraufkommen …«

Sophie wollte schon etwas sagen, schluckte aber im letzten Moment ihre Worte hinunter.

»Wenn du jetzt losgehst, bin ich fertig, bis du zurückkommst …«

Sie trat an die Kommode und zog eine Schublade auf. Sie hatte sich inzwischen ein gutsitzendes schwarzes Kleid angezogen und trug einen Hut.

Als der Kommissar die junge Frau im Regenmantel allein aus dem Gebäude treten sah, glaubte er schon alles verloren und meinte, sie ginge entmutigt nach Hause zurück. Er wollte ihr schon nachlaufen, als sie die gelb getünchte Kohlenhandlung betrat.

Sie blieb nicht lange dort drin. Ein etwa fünfzehnjähriger Junge kam mit ihr heraus und verschwand für einige Augenblicke in einem dunklen Durchgang, von wo er mit einem kohlegeschwärzten Handkarren zurückkam.

Der Kommissar hatte wirklich an alle Möglichkeiten gedacht – außer an einen richtigen Umzug. Und auch Sophie, die diesmal ohne Taschenlampe die fünf Stockwerke wieder hinaufstieg, hatte nicht damit gerechnet.

Oben konnte man nun durch die weit geöffnete Tür das Dachfenster, vor dem saubere Vorhänge hingen, sehen, einen runden Nussbaumtisch sowie einen fertig gepackten, riesigen schwarzen Schrankkoffer, auf dessen Tragriemen in gelber Farbe die Initialen A. V. standen.

»Da bist du ja, Pilou. Kannst du das hinuntertragen?«

Und zu der jungen Frau gewandt, fügte sie unsicher lächelnd hinzu:

»Das hier sind also meine Sachen.«

Und da kein Einwand kam, sagte sie mit etwas mehr Nachdruck zu dem Jungen:

»Es sind dann auch noch zwei Kisten da …«

Aus ihren quicklebendigen Augen warf sie kurze, vorsichtige Blicke auf Sophies Gesicht.

»Ich werde denen ja schließlich nicht die Vorräte zurücklassen, die mich so viel Geld gekostet haben … verstehst du? Ich weiß schon, du bist nicht knapp bei Kasse, aber diese Genugtuung mag ich ihnen einfach nicht gönnen …«

Pilou zerrte den schwarzen Koffer zur Treppe.

»Ist da was Zerbrechliches drin?«

»Im Koffer nicht, aber in den Kisten.«

Sie trug jetzt einen schwarzen Tuchmantel mit Marderkragen und sah viel jünger aus, als sie war. Man hätte sie eher siebzig als achtzig geschätzt, und sie sah aus wie eine sonntäglich gekleidete Bürgersfrau, die sich auf den Weg zur Messe macht.

»Bist du sicher, Sophie, dass du es nicht bereuen wirst?«

Die Jüngere antwortete nicht, sondern fragte:

»Gehen wir?«

»Ich will nur noch schnell ...«

Sie wollte noch ihr Glas leeren, genau wie es Sophie am Quai de Bourbon mit ihrem Whisky gemacht hatte.

»Ich werde unten Pilou alles genau erklären ...«

Jetzt war sie bereit. Sie überschritt die Schwelle. Ob ihr der Gedanke kam, dass sie es sich immer noch anders überlegen konnte? Auf der anderen Seite der Tür stellte sie eine weitere Frage, die vielleicht eine letzte Bedingung sein sollte.

»Würde es dich sehr stören, wenn ich meinen Ofen mitnehme? Einen kleinen gusseisernen Ofen – er braucht nicht viel Platz. Er könnte mir Gesellschaft leisten. Sieh ihn dir an, wenn du willst ...«

»Pilou soll ihn nur bringen.«

»Es wird dir vielleicht dumm vorkommen, aber ich frage mich, ob ich mich je von ihm hätte trennen können ...«

Sie warf einen flüchtigen Blick nach hinten und sagte dann mehr zu sich selbst als zu ihrer Enkelin:

»Ich muss ihm auch noch sagen, dass er die Vorhänge abnehmen und seiner Mutter geben soll. Ich würde mich mein Leben lang ärgern, wenn ich denen auch nur das Geringste daließe ...«

Als sie aus dem Haus traten, war der Junge mit der

Hilfe eines Nachbarn gerade dabei, den schweren Koffer auf den Karren zu laden.

»Sagst du mir die genaue Adresse?«

Sophie nannte sie ihr, und als sich Pilou näherte, merkte sie, dass die alte Frau allein mit ihm sprechen wollte, um ihm präzise Anweisungen zu geben. So entfernte sie sich einige Schritte und tat so, als würde sie sich für die Auslagen eines Lebensmittelgeschäfts interessieren.

Beide hatten ihre Krallen noch eingezogen und es bis jetzt vermieden, sich in die Augen zu schauen, so als wollten sie das für später aufsparen, wenn sie sich allmählich aneinander gewöhnt hätten.

Die alte Frau war sich sicher, dass die Polizisten sie im Verborgenen beobachteten, und deshalb gab sie sich heiter, um ihnen zu zeigen, dass sie die Partie nicht verloren hatte, dass sie nicht als Unterlegene oder sozusagen gezwungenermaßen auszog, sondern freiwillig und mit all ihren Sachen, weil ihre Enkelin sie abgeholt und dazu eingeladen hatte, bei ihr in einer schönen Wohnung auf der Île Saint-Louis zu leben.

Sie hielt verstohlen Ausschau nach den Polizeibeamten, die sie verfolgt hatten, und als sie zu Sophie zurückkam, zeigte sie auf die beschlagenen Fensterscheiben des Bistros gegenüber.

»Ich wette, sie stehen da und beobachten uns.«

Der nächste Satz, der scheinbar unschuldig klang, verriet, was in diesem Augenblick wirklich in ihrem Kopf vorging.

»Was für ein Auto hast du?«

»Ich habe drei, ein großes amerikanisches und zwei italienische.«

»Solche langen, niedrigen?«

Sie bedauerte wohl, dass sie nicht mit einem dieser Wagen abgeholt worden war und ihre Nachbarn nichts zu gaffen hatten.

Es fiel noch immer Schneeregen, in langsamen, vereinzelten dicken Tropfen. Die beiden Frauen gingen auf dem schmalen Gehsteig nebeneinanderher, dann bogen sie nach rechts und verließen endgültig die Rue de Jouy, in der sich die Abbrucharbeiter nun ans Werk machen konnten.

Es war für beide ein unangenehmer, heikler Augenblick. Die pittoreske und zugleich spannungsgeladene Atmosphäre des halb verfallenen Hauses fehlte nun plötzlich, und das Bild der sich aus dem fünften Stock stürzenden alten Frau verlor bereits an Kontur. Sie waren jetzt nur noch zwei beliebige Fußgängerinnen, die eine beliebige Straße entlanggingen und ständig den Schirmen anderer Leute ausweichen mussten.

Nun hatten beide Zeit, nachzudenken und auf ihre Entscheidung zurückzukommen.

»Sieht man aus deinen Fenstern auf Notre-Dame und auf das Erzbischöfliche Palais?«

»Aus dem großen Atelierzimmer und aus meinem Schlafzimmer schon.«

Sophie hätte sich am liebsten die Zunge abgebissen, denn aus diesen Worten musste ihre Großmutter ja schließen, dass der Blick von ihrem zukünftigen Zimmer zum Hof ging.

»Jahrelang habe ich nichts als Dächer und Schornsteine gesehen ...«

Die alte Frau beeilte sich hinzuzufügen:

»Ich mag das ganz gerne ...«

Nach vorne gebeugt, weil ihnen eine Regenbö entgegenschlug, überquerten sie die Brücke und drückten sich eng an den Häusern des Quais entlang.

»Hier ist es. Komm herein.«

Die Concierge musterte sie mit dem gleichen Blick wie am Morgen schon den Kommissar; es war ein Blick, wie ihn gefangene Tiere für Menschen übrighaben, die vor ihren Käfigen herumlaufen.

»Ich wohne im fünften Stock, genau wie du in der Rue de Jouy, und auch hier gibt es keinen Aufzug.«

Im zweiten Stockwerk bemerkte die alte Frau:

»Ein gepflegtes Haus.«

Das Treppensteigen schien sie kaum anzustrengen. Erst im vierten Stock blieb sie kurz stehen, vielleicht weniger, weil sie Atem schöpfen musste, als aus Angst vor dem unbekannten Ort, an dem sie nun würde bleiben müssen.

Sie hatte absichtlich nicht zu viele Bedingungen gestellt und nur auf dem Ofen bestanden, ohne andere Sachen zu erwähnen, aber für diese hatte Pilou genaue Anweisungen erhalten.

Im fünften Stock drückte Sophie dann auf den Klingelknopf. Louise öffnete sofort, und die junge Frau schob die Großmutter vor sich her, ohne ein Wort über den Neuankömmling zu verlieren.

»Geradeaus ...«

Die Kaffeetassen waren inzwischen abgeräumt, aber der Whisky stand noch an seinem Platz. Die Tür zum Schlafzimmer war offen, drinnen herrschte jetzt Ordnung, und die beiden nebeneinanderstehenden Betten waren mit goldgelben Seidenüberwürfen zugedeckt.

»Da wären wir! Leg ab. Louise! Nimm meiner Großmutter Mantel und Hut ab. Nachher kannst du das blaue Zimmer für sie herrichten.«

»Aber was soll ich mit ...«

Louise wusste noch nicht, dass es angebracht war, behutsam und Schritt für Schritt vorzugehen.

»Ich werde mich mit dir zusammen darum kümmern. Wo ist Lélia?«

»In der Badewanne.«

Lélia hatte ihr Bad bereits beendet, denn sie erschien nun, nackt und weiß, mit einem Morgenrock über dem Arm, auf dem Flur. Beim Anblick der Fremden blieb sie linkisch stehen und wollte sich mit einer gemurmelten Entschuldigung wieder ins Bad verziehen.

»Ist schon in Ordnung. Ich möchte dich mit meiner Großmutter bekannt machen ...«

Und, zu dieser gewandt:

»Das ist Lélia. Sie wohnt zurzeit hier ...«

Nach einer unbeholfenen Begrüßung zog sich die Sängerin schnell zurück, und Sophie erklärte:

»Sie arbeitet zwar hauptsächlich in Nachtlokalen,

aber sie ist sehr talentiert. Sie hat nicht immer Glück gehabt. Ich werde es dir erklären. Setz dich. Hast du großen Hunger?«

Es war zehn nach eins. Louise kam herein und fragte:

»Soll ich das Mittagessen für drei Personen vorbereiten?«

»Ja … Warte! … Hast du Langusten in der Dose?«

»Langusten?«

»Wenn du keine in der Küche hast, kauf schnell welche ein, und mach einen Salat daraus.«

»Jawohl, Mademoiselle.«

Die alte Dame, die so wie der Kommissar am Morgen auf der Sesselkante saß, protestierte aus Höflichkeit, musste dabei aber ein zufriedenes Lächeln unterdrücken.

»Das wäre wirklich nicht nötig gewesen.«

»Ich habe es doch versprochen.«

Sophie stand vor der breiten Fensterfront, und ihre Großmutter musterte sie von oben bis unten.

»Ich hätte nicht gedacht, dass du so groß bist!«

»Vergiss nicht, dass ich erst zwölf war, als du uns verlassen hast.«

»Das stimmt. Ist dir deine Schwester immer noch so ähnlich?«

»Äußerlich, ja.«

Sophie ging in die Küche, öffnete alle Schränke mit der konzentrierten Miene von jemandem, der sich nicht auskennt, fand aber schließlich das Gesuchte, denn sie kehrte mit einer Flasche Saint-Émilion zurück.

»Ist dir dieser recht?«

»Er ist besser als der Rotwein, den ich gewöhnlich trinke.«

»Möchtest du nicht lieber einen Whisky?«

»Heute nicht ... Ich habe Angst, dass er mir nicht bekommt ...«

Sollte das heißen, dass es noch zu früh war, dass sie vorerst ihre Gewohnheiten nicht aufgeben wollte?

»Sag mir doch, bevor deine Freundin zurückkommt ... Wohnt sie schon lange bei dir?«

»Knapp zwei Monate.«

»Und vorher? Warst du allein?«

»Unterschiedlich.«

»Und nie mit einem Mann zusammen?«

»Nicht so eng, dass ich mit einem hätte zusammenleben wollen.«

»Werde ich dich auch bestimmt nicht stören?«

»Da ich nicht vorhabe, meine Lebensweise zu ändern, wirst du mich nicht stören.«

»Darf ich mir deinen Regenmantel einmal aus der Nähe ansehen?«

Er hing noch so über der Sessellehne, wie Sophie ihn hingeworfen hatte. Juliette Viou befühlte zuerst den Außenstoff und dann ehrfurchtsvoll den Pelz.

»Früher ...«, begann sie.

Ihr Gedanke nahm eine andere Wendung:

»Ich nehme an, du hast noch einen Nerz?«

»Zwei.«

Verschmitzt lächelnd, weil sie ihre Vermutung bestätigt fand, erklärte die Alte:

»Das verstehe ich unter wahrem Luxus.«

Sie kramte in ihrer Handtasche und zog zwei Ohrringe hervor, in die ziemlich große Diamanten eingefasst waren.

»Ich habe sie von Prédicant. Ich hatte einmal alles zusammenpassend, Kette, Brosche, Armband und sogar eine Uhr. Kannst du dich noch daran erinnern? Wenn deine Mutter damals am Boulevard Saint-Germain ausgehen wollte, kam sie in mein Zimmer, um sich den Schmuck auszuleihen, und sie hat immer damit gerechnet, dass sie ihn eines Tages erben würde. Ich habe die Steine der Reihe nach verkauft, immer wenn ich Geld brauchte.«

Sie ließ die Ohrringe in die Hand der jungen Frau gleiten, die höflich ans Fenster trat, um sie genauer zu betrachten.

»Du kannst sie behalten.«

»Aber …«

»Doch, doch, sie sind für dich!«

»Ich danke dir. Du sollst dich aber nicht verpflichtet fühlen …«

»Kein Mensch hat mich jemals zu irgendetwas verpflichten können.«

Dann wechselte sie schnell das Thema.

»Ich wette, deine Freundin ist längst fertig und traut sich nicht hereinzukommen.«

Sophie rief:

»Lélia!«

»Was ist?«

»Kommst du nicht?«

Lélia erschien in der Tür. Sie trug ein sehr enges Schneiderkostüm.

»Warum ziehst du dich zurück?«

»Ich habe mich nicht zurückgezogen.«

»Du solltest doch wissen, dass du immer dazugehörst. Meine Großmutter wird jetzt hier wohnen, aber damit ändert sich nichts.«

»Du weißt doch, ich muss gleich zur Probe!«

»Ja, um drei. Da hast du noch genug Zeit, mit uns zu essen.«

Sophie schenkte sich gerade ein, als Louise, die vom Lebensmittelgeschäft zurückgekehrt war, ankündigte:

»Da ist ein junger Mann, der …«

Juliette Viou stand rasch auf.

»Das ist Pilou! Ich gehe zu ihm. Wo ist er?«

»Am Dienstboteneingang.«

»Erlaubst du, Sophie? Dein Mädchen braucht mir nur zu zeigen, wo mein Zimmer ist.«

»Wir müssen es zuerst ausräumen.«

Schließlich gingen alle drei im Gänsemarsch durch die Küche, die Großmutter voran, dann die Enkelin, die ihr Glas in der Hand behielt, und als Letzte Louise, deren Gesichtsausdruck sich inzwischen ziemlich verdüstert hatte.

Sie gingen bis zu einem Hausflur, zu dem der Dienstbotenaufgang führte und wo sich drei Türen befanden. Pilou stand in dem engen Durchgang, den schwarzen Schrankkoffer neben sich auf dem Boden.

Die alte Frau öffnete den Mund, um etwas zu sagen, doch Sophie kam ihr zuvor.

»Lassen Sie den Koffer auf dem Flur stehen.«

»Und die anderen Sachen?«, fragte der Junge.

Sie verzog keine Miene.

»Die anderen Sachen auch.«

Er zögerte.

»Allerdings …«

»… was?«

»Hier ist nicht genug Platz. Für die erste Fuhre vielleicht schon, aber nicht für die zweite …«

»Zeig ihm das Zimmer, Louise. Wenn er Zeit hat, kann er dir nachher helfen, alles auf den Dachboden zu tragen, was wir nicht gebrauchen können.«

»Macht es dir etwas aus, wenn ich hier bei ihnen bleibe?«

Sophie murmelte angestrengt:

»Wenn du möchtest …«

Sie stürzte ins Atelierzimmer zurück, und Lélia dachte einen Augenblick lang, dass Sophie entweder etwas auf den Boden werfen oder in Schluchzen ausbrechen würde.

Lélia war so rücksichtsvoll, keine Fragen zu stellen, und ging lediglich mit der Whiskyflasche auf ihre Freundin zu, um ihr einzuschenken. Da die Flasche leer war, holte sie eine neue aus der Hausbar und machte sie auf.

»Danke.«

Zweimal, dreimal, fünfmal durchschritt Sophie den Raum in seiner ganzen Länge, bis sie schließlich etwas ruhiger stehen blieb und mit einem spöttischen Lächeln um die Lippen sagte:

»Jetzt haben wir's!«

»Ich denke, es ist besser, wenn ich euch beide allein essen lasse.«

»Du willst dich drücken?«

»Vor allem dir zuliebe.«

»Ich weiß. Vielleicht hast du recht. Sollen wir uns um fünf treffen?«

»Bist du dann frei?«

»Ich habe ihr von vornherein gesagt, dass ich meine Gewohnheiten nicht ändern werde.«

Louise kam voller Empörung herein.

»Mademoiselle! Sie besteht darauf, dass wir so ziemlich alles, was sich in dem Zimmer befindet, auf den Dachboden bringen.«

»Ist der Junge nicht mehr da?«

»Er geht gerade eine zweite Fuhre holen, und ich habe gehört, wie er sagte, dass vielleicht noch eine dritte nötig ist. Die alte Dame hat mich um einen Hammer gebeten und ist jetzt dabei, das eiserne Bettgestell auseinanderzunehmen.«

Zu Lélia und nicht zu dem Dienstmädchen gewandt, presste Sophie zwischen den Zähnen hervor:

»Jetzt schleppt sie auch noch ihr Bett an!«

»Was soll ich tun, Mademoiselle?«

»Alles, was sie will.«

Als die Tür wieder geschlossen war, brach Sophie in Gelächter aus.

»Da hast du's, meine Liebe! Frag mich vor allem nicht, warum das alles sein musste!«

Dann schleuderte sie ihre Schuhe in hohem Bogen durch den Raum und warf sich auf den Diwan.

Als einzige der drei anwesenden Frauen behielt das Dienstmädchen seinen dramatischen Gesichtsausdruck. Die alte Dame wirkte so frisch wie am Morgen, und ihr war nicht anzusehen, wie anstrengend es gewesen sein musste, all ihre Sachen zu schleppen und dreimal schwerbeladen auf den Dachboden zu steigen.

Als sie schließlich wieder im großen Zimmer erschien, trug sie noch immer ihr schwarzes Kleid mit weißem Spitzenkragen, aber die Füße steckten nun, einziges Anzeichen einer entspannteren Haltung, in roten Filzpantoffeln. Sofort hielt sie nach Sophie Ausschau.

»Isst deine Freundin nicht mit uns?«

»Die Zeit reicht nicht aus. Sie muss bereits um drei in ihrem Nachtlokal sein.«

Ein unbestimmtes Lächeln verklärte die Züge der Alten, wie ein Widerschein ihrer inneren Befriedigung darüber, dass sie trotz allem erreicht hatte, was sie erreichen wollte. Sie vermied es, sofort die Rede darauf zu bringen.

»Triffst du sie dort?«

»Ja, um fünf.«

Wie der Zimmerkellner eines Grandhotels schob Louise jetzt einen schon in der Küche gedeckten Tisch herein, auf dem die Langusten rosig leuchteten.

Die Großmutter wartete ab, bis das Dienstmädchen wieder draußen war, und bemerkte dann halblaut:

»Sie ist wütend!«

»Weshalb?«

»Weil ich ihre Gewohnheiten durcheinanderbringe und vor allem, weil ich meine Sachen hergebracht habe. Bist du etwa auch böse? Pilou hat mir versprochen, etwas später wiederzukommen und mir zu helfen, alles einzurichten und den Ofen aufzustellen.«

Sie aß mit Appetit und ließ dabei ihren Blick immer wieder verstohlen durch die neue Umgebung wandern.

»Es ist ein ganz gewöhnlicher kleiner Ofen, du wirst sehen, oder vielmehr, es war einmal ein gewöhnlicher Ofen, einfach ein gusseiserner Zylinder auf vier Füßen. Adrien und ich haben ihn in meinem ersten Pariser Winter, im Jahr 1902, bei einem Trödler in der Rue des Tournelles gekauft, und ich sehe noch heute, wie Adrien, der zu jener Zeit sehr mager war, ihn auf der Schulter nach Hause trug.

Anfangs zog der Ofen nicht, und es war so viel Rauch in der Wohnung, dass wir uns kaum noch sehen konnten. Als das Feuer aus war, haben wir schließlich bemerkt, dass unsere Vormieter den Kamin zugestopft hatten. Keiner von uns beiden war auf die Idee gekommen, vorher nachzusehen ...«

Sie wollte jedoch Sophie nicht erschrecken.

»Keine Angst! Pilou kennt sich damit aus und wird dafür sorgen, dass der Kamin in meinem Zimmer gut zieht ...«

Die Gelassenheit ihrer Enkelin überraschte sie. Sophie blickte so gleichgültig, als wäre seit dem Morgen überhaupt nichts Außergewöhnliches vorgefallen. Sie selbst wagte nicht, das Gespräch versiegen zu lassen, auch wenn sie jetzt wahrscheinlich auch lieber geschwiegen hätte.

»Dein Dienstmädchen scheint nicht zu verstehen, dass ich mein Zimmer nur deshalb möglichst schnell einrichten möchte und sie deswegen belästige, weil ich dir und ihr möglichst schnell aus dem Weg sein will. Hast du dieses Mädchen schon lange?«

»Fünf Jahre. Sie war schon in der Rue des Saints-Pères bei mir.«

»Ist sie verheiratet?«

»Sie war es. Ihr Mann hat sie verlassen. Sie hat ihre beiden Kinder bei einer Schwägerin untergebracht und die Stelle bei mir angetreten.«

»Isst du oft zu Hause?«

»Abends fast nie. Das Frühstück lasse ich ausfallen, und zu Mittag esse ich, wenn überhaupt, erst gegen drei.«

Zwei- oder dreimal während des Essens kreuzten sich ihre Blicke, doch immer nur flüchtig, als ob sie sich beide aus Schamgefühl oder Scheu schnell wieder ausweichen würden.

»Trinkst du einen Kaffee, Großmama?«

»Das kommt mir komisch vor, wenn du mich Großmama nennst.«

»Mir auch. Hab ich dich damals am Boulevard Saint-Germain nicht so genannt?«

»Ich glaube schon … Doch … Übrigens hätte deine Mutter es nicht zugelassen, dass …«

Sie führte ihren Gedanken nicht zu Ende. Ihr plötzlich starr werdender Blick verriet, dass ihr eine Idee gekommen war.

»Warum nennst du mich nicht einfach Juliette?«

Sophie blickte sie zuerst überrascht, dann mit einem amüsierten Lächeln an.

»Dich Juliette nennen …«, wiederholte sie.

Schließlich schüttelte sie sich ihr Haar aus dem Gesicht und meinte freundschaftlich:

»Wir können es ja ausprobieren … Schauen wir einfach mal …«

Sie waren beide zu weit vorgeprescht. Darum redeten sie jetzt besser von etwas anderem. Sophie überlegte, wie sie die etwas unangenehme Frage des Badezimmers ansprechen sollte. Es gab nur ein einziges Bad in der eigentlichen Wohnung, und um dorthin zu gelangen, müsste die alte Frau jedes Mal durch die Küche gehen. Sophie zumindest empfand einen Widerwillen bei der Vorstellung, ihr Bad mit der Großmutter teilen zu müssen.

Hinten im Flur neben den Dienstbotenzimmern gab es noch ein weiteres, nur notdürftig eingerichtetes Bad, das bis jetzt nur Louise benutzt hatte, die dort außerdem die Feinwäsche wusch, die nicht außer Haus gegeben wurde.

War es nicht am besten, überhaupt nichts zu sagen und die alte Frau selbst machen zu lassen?

»Ist zurzeit nichts los mit Springen?«

Sophie verstand nicht sofort, dass vom Fallschirm-springen die Rede war. Als sie es begriff, zeigte sie auf den Himmel, der jetzt noch schwärzer war als am Morgen.

»In dieser Jahreszeit findet es selten statt.«

»Und Autorennen?«

»Vielleicht mache ich die Rallye von Monte Carlo im Januar mit.«

»Besuchst du dann deine Mutter?«

»Ich besuche sie nie. Wir begegnen uns gelegentlich zufällig, in Cannes oder in Juan-les-Pins.«

»War sie schon einmal hier in der Wohnung?«

»Nein.«

Sophie hatte Mühe, sich vorzustellen, dass sie ja über die Tochter der alten Frau sprachen.

»Hat sie sich verändert?«, fragte Juliette weiter.

»Als ich sie das letzte Mal sah, hatte sie ziemlich zu-genommen.«

»Das hat sie von ihrem Vater. Mit fünfzig war er ganz stolz auf seine hundert Kilo.«

Obwohl es noch nicht Abend war, dämmerte es be-reits in dem großen Raum. Die erst vor kurzem gerei-nigten Türme von Notre-Dame hoben sich kalkweiß von einem fast schwarzen Himmel ab, von Zeit zu Zeit hörte man die Sirene eines Schleppkahns, und hier und da begannen die ersten Lichter im Viertel aufzuflammen.

Sophie lag nun auf dem Diwan vor dem Fenster und rauchte eine Zigarette, während ihre Großmutter wie eine Besucherin auf einem der mit Satin bezogenen Sessel sitzen geblieben war.

»Musst du dich nicht umziehen?«

»Nein.«

»Aber du wirst doch in der Stadt zu Abend essen?«

»Da, wo ich heute Abend hingehe, muss man nicht fein angezogen sein.«

Juliette horchte auf alle Geräusche, und als in der Küche die Klingel ertönte, erhob sie sich rasch.

»Das ist Pilou. Du erlaubst doch?«

»Aber bitte.«

»Ich werde eine Zeit lang beschäftigt sein. Wenn du nachher gehen musst, kümmere dich einfach nicht um mich.«

Auf halbem Weg zur Tür wandte sie sich noch einmal um und sagte etwas unbeholfen:

»Ich habe mich noch nicht bei dir bedankt ... Ich weiß nicht, ob du magst, dass ich es tue, aber ich sage es trotzdem ...«

»Das ist nett von dir.«

»Ich bin nicht nett. In meinem Alter werde ich es wohl auch nicht mehr. Trotzdem ...«

Sie zog es vor, sich wieder umzudrehen und auf die Tür zuzugehen, bevor sie den Satz fortsetzte.

»... im Grunde, weißt du, hatte ich eigentlich keine Lust zu sterben.«

Sophie blieb allein im Raum und schloss die Augen. Sie dachte eine Weile nach, musste aber darüber eingeschlafen sein, denn als sie sich aufrichtete, war es ganz dunkel, und die Lichter von Paris glitzerten vor den Fensterscheiben wie eine Theaterkulisse.

Es war zehn vor fünf. Sie würde zu spät ins Patate kommen, das Nachtlokal in der Rue Washington, wo sie sich mit ihrer Freundin verabredet hatte. Es war aber unwichtig. Lélia war es gewohnt, auf sie zu warten.

Sie knipste nur die ihr am nächsten stehende Lampe an, suchte ihre Schuhe auf dem Teppich zusammen, holte den Regenmantel aus ihrem Zimmer, den sie schon am Morgen getragen hatte und der für sie wie eine Uniform war.

Sie hatte einen schlechten Geschmack im Mund, der ihr ebenso bekannt war wie auch das Mittel dagegen: Im Stehen trank sie einen Schluck Whisky aus der Flasche und blickte dabei auf den weißen Lichtstreifen unter der Küchentür.

Sie hörte Stimmen, wollte aber lieber nicht wissen, was sich zwischen Louise und ihrer Großmutter abspielte. Auf Zehenspitzen durchquerte sie den Flur und schloss die Wohnungstür leise hinter sich.

Das Treppenhaus mit seiner gelblichen Beleuchtung und der tiefen Stille kam ihr an diesem Tag weniger vertraut vor als sonst. Manchmal ging sie mit einem Gefühl von Neid an den geschlossenen Türen vorüber, hinter denen Menschen lebten, manchmal auch voller Hass, je nachdem, welcher Stimmung sie war. Einzig aus der Wohnung im ersten Stock drang fast immer gedämpft eine sanfte und ferne Musik.

Sie suchte in ihrer Tasche nach dem Schlüssel des

italienischen Wagens, von dessen kirschfarbener Karosserie große Regentropfen herabperlten, und einige Augenblicke später atmete sie den Geruch von Leder und Benzin, ließ den Motor an und setzte die Scheibenwischer in Gang.

Sie fuhr über den Pont de la Tournelle und fädelte sich am linken Seine-Ufer in den über die ganze Breite des Quais in dieselbe Richtung fließenden Verkehr ein. Hinter den Windschutzscheiben waren Gesichter zu sehen, die so blass und leer waren wie ihr eigenes.

Anschließend fuhr sie in den Kreisverkehr an der Place de la Concorde und dann die Champs-Élysées hinauf, wo es auf den Gehsteigen von Schirmen wimmelte.

In der Rue Washington brannte weder die Leuchtschrift des Lokals, noch war der Schaukasten mit den Fotos der Bühnenkünstler erleuchtet. Das Gitter am Eingang war heruntergelassen. Hinten in einem Gang klopfte Sophie an eine gelbgestrichene Tür, hinter der jemand Klavier spielte.

Ein Mädchen im schwarzen Trikot öffnete ihr.

»Guten Abend, Minouche.«

»Lélia hatte schon Angst, du würdest nicht kommen.«

Nur zwei Lampen brannten, die Ecken des Raumes lagen ganz im Dunkeln, und man sah lediglich vier oder fünf Silhouetten, rot glimmende Zigarettenpunkte und die weißen Hemdsärmel des Pianisten, der weiterspielte und darauf wartete, dass Minouche wieder mitprobte.

Lélia kam auf Sophie zu. Sie sah müde aus, vielleicht weil die Proben so anstrengend gewesen waren.

»Wie ging's?«, fragte sie leise.

»Gut.«

»Nichts Unangenehmes?«

Hier, in diesem Umfeld, wirkte sie ängstlicher und schwächer, schutzloser.

»Hast du ihnen etwas erzählt?«, fragte Sophie.

»Nein.«

Minouche tanzte, unterbrach dann den Klavierspieler, um eine Figur noch einmal zu machen, ihr Blick war hart und energisch. Ein untersetzter Mann, ein schwarzhaariger Italiener, kam mit Flaschen in der Hand aus dem Keller und stellte sie auf die Bar.

»Da bist du ja! Wie geht es dir, *chérie*?«

Er hatte strahlend weiße Zähne und ein zufriedenes Lächeln. Er nannte alle Frauen *chérie*.

»Gehst du zu diesem Film-Cocktail?«

»Wir werden wahrscheinlich kurz vorbeischauen.«

»Sieht man dich heute Abend?«

Sicher würde sie früher oder später an diesem Abend Lélia abholen. Sie plante nichts, und doch spielte sich alles immer gleich ab. Nach diesem Cocktail, wo bestimmt um die dreihundert Personen zusammenkämen, würden sie mit einer Gruppe von Leuten irgendwohin gehen, vielleicht zu einer anderen Cocktailparty, und schließlich mit einer kleineren Clique in einem der Stammrestaurants landen.

Um zehn Uhr würde Lélia seufzend vom Tisch aufstehen und verkünden:

»Ich muss jetzt arbeiten gehen.«

Irgendjemand würde sich wahrscheinlich anbieten, sie mit dem Auto hinzufahren, sonst nahm sie eben die Metro.

Sophie würde mit irgendwelchen Leuten, die ihr nichts bedeuteten, anderswohin gehen, dann vermutlich noch einmal woandershin und die Nacht schließlich neben Lélia auf einem Barhocker des Patate beenden.

In der Zwischenzeit würde sich ihre Großmutter am Quai de Bourbon mit aller Entschlossenheit häuslich eingerichtet und wahrscheinlich Louise zum Wahnsinn getrieben haben.

»Bring mir einen Scotch!«

Die Alte hatte ihr angeboten, sie Juliette zu nennen. Nun, warum nicht?

Es war alles sehr komisch!

3

In der Wohnung, die auf der Spitze der Île Saint-Louis mehr denn je wie vor den Bug eines Schiffes gespannt ins Leere zu ragen schien, beobachtete Lélia das Spiel, das Sophie und ihre Großmutter miteinander spielten. Obwohl sie doch selbst eine Frau war, verstand sie es nicht, denn es war ein Spiel voller Feinheiten und Nuancen, dessen Regeln nur die beiden allein zu kennen schienen.

Ihre gemeinsame Welt war begrenzt: Neben dem Atelierzimmer befand sich das Zimmer mit den beiden zusammengerückten Betten, das Bad, das auf den Flur hinausführte, und hinter der Küche ein geheimnisvoller Raum, das Zimmer von Juliette Viou, das offenbar Schauplatz mysteriöser Vorgänge war. Zu mysteriös für den Geschmack von Lélia, die sich wunderte, wie ein Tag nach dem anderen verging, ohne dass ihre Freundin Neugier dafür entwickelte, was die alte Frau aus der ehemaligen Dienstbotenkammer gemacht hatte.

Sie waren nur vier Personen, vier Frauen, die teils sichtbar, teils verborgen im Schatten der unbeweglichen Türme von Notre-Dame ihre Kreise zogen, gegenseitig jede Bewegung voneinander beobachteten, jede kleinste

Veränderung im Ton, jedes bedeutungsschwere Schweigen wahrnehmen.

Selbst Louise tat sich wichtig und wirkte rätselhaft. Die Feindseligkeit, die sie dem ungebetenen Gast am ersten Tag entgegengebracht hatte, war schon am nächsten Tag weniger deutlich zu erkennen gewesen, aber es war völlig unklar, was sie wirklich von der neuen Situation hielt.

Juliettes Umsiedelung von der Rue de Jouy an den Quai de Bourbon hatte am Dienstag, mitten am helllichten Tag stattgefunden. Als in der Nacht darauf Sophie und Lélia gegen drei Uhr morgens nach Hause kamen, herrschte in der Wohnung die gewohnte Atmosphäre, und nichts verriet Juliettes Gegenwart. Alle Dinge befanden sich an ihrem Platz, und im Atelierzimmer brannte wie immer eine Lampe. Kein fremder Geruch, kein Geräusch.

Sie hatten sich erstaunt und zufrieden angesehen. Alles schien glattzulaufen. Die alte Frau lag offenbar in ihrem Zimmer hinter der Küche im Bett und schlief.

Dennoch hielt Lélia es, als sie zu Bett gegangen waren, für angebracht, trotz der Entfernung von dem Dienstbotenkorridor nur mit flüsternder Stimme zu sprechen.

»Ich glaube, ich sollte besser in ein Hotel ziehen.«

»Nein!«, hatte Sophie nur geantwortet.

»Das kann nicht gutgehen mit uns zu dritt. Ohne mich wärt ihr unter euch und …«

»Unter euch« war nicht ganz das richtige Wort, aber sie wusste nicht, wie sie es besser ausdrücken sollte. Sie spürte irgendwie, dass zwischen den beiden Frauen etwas ausgetragen wurde, von dem sie ausgeschlossen blieb, als gehörten sie einem eigenen Menschenschlag an oder als hätten sie eine alte Rechnung zu begleichen.

»Schlaf jetzt. Du bist müde.«

Gegen Mittag war Sophie als Erste aufgestanden, ohne Lélia zu wecken. Sie hatte ihre eng anliegende Hose und ihren alten Pullover angezogen, war durchs Atelierzimmer gegangen und hatte wie gewöhnlich die Küche betreten. Louise, die alleine dort saß, war aufgesprungen.

»Ich mache sofort Ihren Kaffee. Ist Mademoiselle Lélia auch auf?«

»Sie schläft noch.«

Sophie schien herumzuschnuppern, als suchte sie nach Spuren von jemandem, der nicht hierhergehörte.

»Ist meine Großmutter noch im Bett?«

»Sie ist seit heute Morgen um halb sieben auf.«

»Hast du ihr das Frühstück gebracht?«

»Sie hat es nicht gewollt.«

»Hat sie nichts gegessen?«

»Sie hat sich nur Brot und Butter geholt. Sonst hat sie alles, was sie braucht.«

Sophie wiederholte, ohne gleich zu verstehen:

»Alles, was sie braucht?«

»Ja. Gemahlenen Kaffee, Honig, Marmelade. Sie hat auch noch Zwieback, aber sie hatte Lust auf frisches Brot.«

Louise berichtete schlichtweg, wie es war, ohne giftigen Unterton.

»Willst du damit sagen, dass sie ihre Vorräte mitgebracht hat?«

»Ich weiß nicht, ob sie alles mitgebracht hat. Jedenfalls hat sie zwei volle Kisten in ihrem Zimmer stehen. In der einen sind Flaschen.«

»Hast du ihr gestern Abend das Essen im großen Zimmer serviert?«

»Sie hat mich darum gebeten, mit mir in der Küche essen zu dürfen.«

Louise machte sich sichtlich auf eine Rüge gefasst. Als nichts kam, fuhr sie fast trotzig fort:

»Heute Morgen hat sie sich an den Großputz gemacht.«

Lélia erschien im Pyjama an der Tür, und da sie die alte Frau nirgendwo sah, fragte sie mit noch schlaftrunkener Stimme:

»Ist sie krank?«

»Nein, sie macht Großputz.«

»Warst du bei ihr drin?«

»Wozu?«

Lélia sagte lieber nichts mehr. Als Louise gegen halb zwei den Tisch mit dem Mittagessen ins große Zimmer schob, auf dem nur für zwei gedeckt war, genügte ein fragender Blick. Das Dienstmädchen verstand und verkündete ohne Umschweife:

»Madame Juliette hat schon gegessen.«

Sie hatte nicht »Madame Viou« gesagt und auch nicht »Ihre Großmutter«. Es gab da einen feinen Unterschied.

Die alte Frau zeigte sich erst nach fünf Uhr, als Sophie allein war, auf dem Diwan lag und las; sie kam so leise in den Raum, dass die junge Frau es zuerst gar nicht merkte und hochschreckte, als ganz in ihrer Nähe eine Stimme sagte:

»Störe ich dich?«

»Warum solltest du mich stören?«

Juliette trug ein frisch gebügeltes geblümtes Hauskleid, und ihre Füße steckten wieder in den roten Pantoffeln.

»Gehst du nicht aus?«

»Nicht vor halb acht.«

Sie setzte sich hin wie jemand, der dem anderen seine Gegenwart nicht lange aufzwingen möchte.

»Ich habe jetzt fast alles in Ordnung gebracht«, seufzte sie zufrieden.

Sophie sah sie über den Buchrand hinweg an. Nachdem die eine nicht zur Besichtigung ihres Zimmers aufforderte, zeigte die andere auch nicht den geringsten Wunsch oder gar Neugier, es sich anzusehen.

»Empfängst du nachmittags nie Besuch?«

»Manchmal kommen Freunde.«

»Unangemeldet?«

»Manchmal angemeldet, manchmal nicht.«

»Ich habe euch heute Nacht um drei nach Hause kommen hören.«

»Haben wir dich geweckt?«

»Ich habe nicht geschlafen. Ich brauche nur wenig Schlaf, höchstens zwei oder drei Stunden jede Nacht.«

Sie spürten wohl beide, dass sie früher oder später

persönlichere Gesprächsthemen berühren mussten, und so redeten sie wie in stillschweigender Übereinkunft immer um das eigentliche Thema herum.

»Deine Freundin macht keinen fröhlichen Eindruck.«

»Sie hat auch keinen Grund dazu.«

»Das habe ich mir gedacht. Sie wirkt auf mich wie eine von diesen Frauen, die das Unglück anziehen.«

Sophie sah ihre Großmutter jetzt schärfer an, die, völlig unsentimental und als spräche sie nur eine offenkundige Tatsache aus, hinzufügte:

»Sie wird sicher nicht sehr alt.«

»Woher willst du das wissen?«

»Das spüre ich.«

»Und ich?«

»Wenn du dir nicht gerade etwas antust, wirst du so alt wie ich.«

Darauf folgte wieder ein Schweigen, das man fast mit Händen greifen konnte. Sophie knipste gewöhnlich, wenn sie sich am späten Nachmittag allein im Atelierzimmer aufhielt, nur die große Stehlampe neben dem Diwan an; der rosaseidene Schirm verbreitete rosiges Dämmerlicht im Raum, wo nur selten die Vorhänge geschlossen wurden, damit man auf die flimmernden Lichter der Stadt hinaussehen konnte.

Um irgendetwas zu sagen, berichtete Sophie mit tonloser Stimme, so als würde sie etwas Auswendiggelerntes herunterleiern:

»Die Ärzte wollen ihr unbedingt eine Niere entfernen. Sie schiebt es immer wieder hinaus, weil sie

Angst hat, nach der Vollnarkose nicht wieder aufzuwachen.«

»Sie war wohl früher sehr arm.«

Das klang weniger wie eine Frage als wie eine Feststellung.

»So arm, wie man es aus alten Geschichten kennt. Sie ist in einem Dorf bei Lille geboren, neben der Abraumhalde eines Kohlenbergwerks, in so einem kleinen Vorort, dessen Namen ich vergessen habe. Ihre Mutter ist Französin, und ihr Vater war Pole und ist vor kurzem bei einem Zechenunglück ums Leben gekommen. Sie waren zu Hause acht oder neun Kinder und hatten nicht immer genug zu essen. Wenn ihr Vater getrunken hatte, wurde er gewalttätig, und gewöhnlich – vielleicht, weil Lélia die Zarteste war – hat er seinen Zorn an ihr ausgelassen und sie geschlagen.

Eigentlich heißt sie nicht Lélia, sondern Stéphanie. Mit fünfzehn ist sie schwanger geworden, und ihre Mutter hat sie zu einer Nachbarin gebracht, die das Kind weggemacht hat. Anschließend musste man ihr, um mit ihren Worten zu sprechen, alles herausnehmen, was eine Frau so im Bauch hat.«

Auf diese Weise benutzten die Frauen das Thema Lélia, ohne dass diese davon wusste, um das Terrain zu sondieren und sich näher aneinander heranzutasten.

»Ist sie von zu Hause weggelaufen?«

»Nicht mal. Sie ist nicht der Typ Mensch, der wegläuft. Sie ist geblieben und hat mit siebzehn, in der Hoffnung, so endlich ihre Ruhe zu haben, einen Mann aus der Nachbarschaft geheiratet. Er heißt Seveux, das weiß ich, weil dieser Name noch in ihrem Personalausweis steht. Er ist zehn Jahre älter als sie und wirkt eher sanft und scheu. Da er ein so vorbildlicher Angestellter war, hat ihn seine Firma in Lille ein paar Monate später zum Hauptsitz nach Paris geschickt.«

All dies hatte an sich keine Bedeutung, denn nicht Lélia zählte, sondern allein die Tatsache, dass eine Verbindung zwischen ihnen beiden entstand.

»Anscheinend war Seveux, solange sie in Lille lebten, das, was man einen guten Ehemann nennt. Sonntags hat er seine Frau zu seinen Eltern mitgenommen, wo sie sich mit seinen Schwestern und Schwägern trafen, und einmal in der Woche sind sie ins Kino gegangen.

Die einzige Wohnung, die sie dann in Paris fanden, war in einer Art Kaserne, an der Porte d'Italie, in der viele kinderreiche, laute Familien wohnten.

Seveux war zwar in seinem Büro aufgestiegen und wurde von seinen Vorgesetzten weiterhin als der ruhigste und verlässlichste Angestellte betrachtet, aber zu Hause hat sich seine Stimmung verändert.

Lélia behauptet, alles habe mit einer Ohrfeige angefangen. Eines Abends, als sie gerade ins Bett gehen wollten, hat er ihr ohne besonderen Anlass eine Ohrfeige gegeben, und sie fing an zu weinen. Als er ihr befohlen hat, still zu sein, und wieder seine Hand erhob, wurde sie von Panik ergriffen und ist halbnackt ins Treppenhaus geflohen.

Er ist ihr nachgerannt. Nachbarn haben sich eingemischt, und das war der Anfang vom Ende, so als habe Seveux an jenem Abend die Schwäche seiner Frau, ihre Leidensfähigkeit, erkannt.«

Sophies Großmutter saß unbeweglich da und hörte kommentarlos zu, die kleinen Augen blickten fast starr.

»Ich nehme an«, fuhr Sophie fort, »er hatte nun auch seine Lust daran entdeckt, sie zu quälen. Unter dem Vorwand, sie würde mit anderen Männern anbandeln, hat er sie eingeschlossen, bevor er zur Arbeit ging, später hat er auch ihre Kleider und Schuhe weggeschlossen, was sie aber nicht gehindert hat zu entwischen, wann immer sie wollte.

Natürlich hat er ihr kein Geld gegeben, und da hat sie sich dann in den Kopf gesetzt, selbst welches zu verdienen. Er wollte nicht, dass sie arbeitet. Ich weiß auch nicht, welche Arbeit in Frage gekommen wäre, denn sie kann kaum lesen und schreiben. Vielleicht Verkäuferin? Doch dazu hätte sie die Wohnung zu regelmäßigen Zeiten verlassen müssen, und das wäre ihm aufgefallen.

Was dann geschah, konnte nur Lélia passieren. Sie hatte beobachtet, dass bei Einbruch der Dunkelheit rund um das Magasin des Trois-Quartiers bei der Madeleine Mädchen auf den Strich gehen. Sie schlendern immer zweihundert Meter die Rue Duphot hinauf und tun so, als schauten sie sich die Auslagen an, dann schlendern sie zu den Boulevards zurück.

Sie hat es ein erstes Mal versucht, aber ohne Erfolg. Keiner hat sie angesprochen.

Beim zweiten Mal ist ein Mann, der sie gerade überholt hatte, plötzlich stehen geblieben und hat sie nachdenklich gemustert. Lélia hat mir erzählt, dass sie ihn erst für einen Polizisten hielt und davongelaufen wäre, wenn er nicht so gut angezogen gewesen wäre. Er hat sie ohne Umschweife gefragt:

›Arbeiten Sie schon lange hier?‹

Sie war ganz aus der Fassung geraten und hat darum mehr oder weniger die Wahrheit gesagt.

›Es ist das erste Mal.‹

Er hat auf den Eingang eines Stundenhotels gezeigt und weitergefragt:

›Waren Sie schon einmal da?‹

›Noch nicht.‹

›Kommen Sie mit mir.‹

Aber er hat sie nicht in das Hotel gebracht, sondern zu seinem Wagen, den er ein bisschen weiter entfernt geparkt hatte und zu dem er gerade gehen wollte, als er sie bemerkt hatte. Während er mit ihr durch die verstopften Straßen fuhr, hat er ihr weiter knappe und präzise Fragen gestellt:

›Wie alt?‹

›Neunzehn.‹

›Wohnen Sie noch bei Ihren Eltern?‹

›Ich bin verheiratet.‹

›Weiß er etwas davon?‹

›Nein.‹

›Kinder?‹

›Nein.‹

Kurze Zeit später saß sie ihm gegenüber an einem

Bartisch im Champs-Élysées-Viertel. In der Bar kannte man ihn. Um diese Uhrzeit waren dort nur noch zwei oder drei Paare, die im schummrigen Licht Händchen hielten und miteinander flüsterten.

Du hast gesagt, dass sie das Unglück anzieht. An jenem Abend aber hat Lélia etwas Märchenhaftes erlebt.«

»Glaubst du denn an Märchen?«, fragte die alte Frau, ohne zu lächeln, als sei dies eine bedeutsame Frage.

Sophie wich der Antwort aus.

»Ich kannte diesen Typ, denn er kam immer in dieselben Lokale wie ich und hat sich auch unserer Gruppe angeschlossen. Er hatte seine Mutter kaum gekannt. Sein Vater war kurz zuvor ebenfalls gestorben und hatte ihm und seiner Schwester eine der berühmtesten Parfümfabriken Frankreichs hinterlassen.

Mit zweiunddreißig hat sich Alain, der Junggeselle war, wahnsinnig in Lélia verliebt. Damals hieß sie noch Stéphanie, und er hat später diesen neuen Namen für sie gefunden.

Sie ist nicht mehr zur Porte d'Italie zurückgekehrt. Alain hat sie zunächst in einem Hotel an der Place de l'Étoile untergebracht und einige Wochen später, als sie schon ganz anders aussah, in seiner Wohnung am Boulevard Richard-Wallace am Rand des Bois de Boulogne.

Ich habe sie kennengelernt, als sie zusammen mit ihm in einem Nachtlokal saß, wo die beiden noch immer Händchen hielten, obwohl sie schon mehrere Monate zusammen waren.

Ich glaube, sie hat zu einem bestimmten Zeitpunkt versucht, Mannequin zu werden. Aus irgendeinem Grund ist ihr das nicht gelungen. Sie war immer von dem Wunsch besessen, etwas aus eigener Kraft zu machen.

Einmal in einer kleinen Bar gegen vier Uhr morgens, als nur noch ein paar Stammgäste herumsaßen, hat Alain sie gedrängt zu singen.

So hat ihre Karriere begonnen.«

»Hat ihr Mann sie denn nicht gefunden?«

»Erst viel später, als ihr Foto in den Zeitungen erschien.«

»Wie hat er reagiert?«

»Er hat ihr herzzerreißende Briefe geschrieben, sie um Verzeihung gebeten, sie angefleht, zu ihm zurückzukommen, und er hat alle Schuld auf sich genommen. Noch heute lauert er ihr manchmal am Ausgang des Nachtlokals auf. Er versucht nicht einmal, sie anzusprechen, sondern schaut sie nur wehmütig an. Sie hat Angst, er könnte bewaffnet sein und eines Tages auf sie schießen.«

»Und Alain?«

»Er ist vor zwei Monaten umgekommen, beim Absturz des Flugzeuges aus Stockholm in Dänemark, so wie alle anderen Passagiere auch. Am Tag darauf sind seine Schwester und ihr Mann mit einem Gerichtsvollzieher in der Wohnung am Boulevard Richard-Wallace erschienen, und Lélia musste mit nichts als dem, was sie auf dem Leib trug, ausziehen und all ihren Schmuck, ihre Pelze, alles, was ihr Geliebter ihr geschenkt hatte, zurücklassen.«

Die alte Frau sagte nur:

»Ich verstehe.«

Sie fragte nicht, wie und warum Sophie Lélia bei sich aufgenommen hatte.

»Und der Ehemann …?«, murmelte sie ein wenig später.

»Er taucht immer noch von Zeit zu Zeit in der Rue Washington auf, doch der Portier lässt ihn nicht herein.«

»Und hier kreuzt er nie auf?«

Da bemerkte Sophie, die so lange über Lélia gesprochen hatte, um verfänglichen Themen auszuweichen, dass sie einen empfindlichen Punkt berührt hatte.

Hatte ihre Großmutter es auch bemerkt? Nichts in ihrem Verhalten ließ darauf schließen. Wie manche Frauen ihrer Generation saß sie kerzengerade in ihrem Sessel, ohne die Beine übereinanderzuschlagen, ohne wahrnehmbare Müdigkeit, und noch in ihrem Hauskleid wirkte sie wie eine Dame auf Besuch.

War etwa vor ihrem inneren Auge die Gestalt eines anderen Mannes aufgetaucht, der sich fünfzehn Jahre zuvor am Boulevard Saint-Germain unbemerkt an das Haus herangepirscht hatte, in dem sie wohnte?

Zwei zwölfjährige Mädchen, die bei allen Leuten, vor allem bei ihrer Großmutter, immer nur »die Zwillinge« hießen, als besäßen sie keine Vornamen und keinen individuellen Charakter, hatten ihn schließlich entdeckt und den Mann zum Spaß nur noch den »Clochard« genannt.

Anfangs hatten sie nur untereinander über ihn gesprochen. Er war »ihr« Clochard, und sie wollten ihr Geheimnis keinesfalls mit den Erwachsenen teilen.

Wenn sie nach der Schule bei einfallender Abenddämmerung an der Kirche Saint-Germain-des-Prés vorbei nach Hause gingen, kamen sie zuerst am Les Deux Magots, dann am Café de Flore vorbei, das trotz der noch immer herrschenden Kriegsverdunkelung auf den Straßen eine gewisse Wärme ausstrahlte.

Kurz danach wurden die Gehsteige leerer, geheimnisvoller, und die beiden Mädchen hatten schon ein Spiel daraus gemacht, wer von ihnen den Clochard zuerst entdecken würde.

Manchmal stand er an der Türschwelle des Nachbarhauses, so bewegungslos, dass man ihn erst im letzten Augenblick bemerkte, wenn man ihn schon fast streifte, und das ängstigte sie. An anderen Tagen sahen sie ihn die Häuserwände entlanghumpeln.

Er hatte einen dichten grauen Bart, kräftige Augenbrauen, trug einen aus der Form geratenen Filzhut auf dem Kopf und starrte die Zwillinge an, als habe er es auf sie abgesehen.

Als sie ihn eines Abends nicht an seinem gewohnten Platz fanden, entdeckten sie ihn auf dem gegenüberliegenden Gehsteig, wo er wie im Gebet den Kopf zu den Fenstern ihrer Wohnung emporhob.

»Hast du gesehen?«

»Ja …«

»Meinst du, wir sollten das zu Hause erzählen?«

»Vielleicht. Du wirst sehen, sie werden uns sowieso nicht glauben.«

Aber vor allem ihr Vater hatte sich dann beunruhigt gezeigt, war ans Fenster gestürzt und hatte hinausgesehen. An die Großmutter hatte jedoch niemand gedacht, denn sie spielte im Haus kaum eine bedeutendere Rolle als ein altmodisches Möbelstück.

Doch drei Tage darauf war Juliette plötzlich auf und davon gegangen. Ihre Tochter machte an jenem Nachmittag gerade Einkäufe. Ihr Schwiegersohn hielt sich unten im Arbeitszimmer hinter seiner Buchhandlung auf. Man fragte später die beiden Dienstmädchen aus, doch nur die Jüngere hatte die Großmutter fortgehen sehen. Sie hatte sogar noch gefragt:

»Gehen Sie auf eine Reise? Weiß Madame Bescheid?«

Die Zwillinge waren zu dem Zeitpunkt in der Schule gewesen. Sophie erinnerte sich an einen Satz, den ihre Mutter bei Tisch gesagt hatte, wahrscheinlich tags darauf:

»Sie hat ihren Schmuck und ihre Sachen mitgenommen, aber nicht ihre Lebensmittelkarten.«

Sie hatten die Karten dann selber benutzt und sogar neue auf ihren Namen bezogen, und Sophie war drauf und dran, es jetzt, fünfzehn Jahre danach, ihrer Großmutter als amüsante Anekdote zu erzählen.

Aber sie wagte es dann doch nicht. Es war noch zu früh. Im Übrigen stand die alte Frau, die immer wieder auf die Uhr geblickt hatte, jetzt auf und sagte:

»Wenn du um halb acht in der Stadt sein willst, musst du dich jetzt umziehen.«

Sophie verlangte nicht von ihr, dass sie sich das Abendessen im Atelierzimmer servieren ließ, denn sie wusste, dass Juliette ihre Gründe dafür hatte, wenn sie in ihrer Abwesenheit lieber mit Louise in der Küche aß.

In dieser Nacht kamen sie und Lélia noch später nach Hause. Sophie hatte sich eine Generalprobe im Daunou-Theater angesehen und an dem anschließenden Essen im Maxim's teilgenommen. Ihre Freundin war nach ihrem zweiten Auftritt dazugekommen, und schließlich waren sie gemeinsam mit einigen anderen in einem Lokal gelandet, das bis jetzt nur ein paar Eingeweihten bekannt war. Sie hatten viel getrunken, vor allem Lélia, die Alkohol schlecht vertrug und die sich in den Kopf gesetzt hatte, einen Mann mit nach Hause zu nehmen, den sie nicht kannten, der aber, wie sie behauptete, Augen hatte wie Alain.

Immer wieder hatte sie zu Sophie gesagt:

»Ich bin sicher, dass er mich verstehen wird. Er hat mich genauso angesehen wie Alain damals in der Rue Duphot. Er hat erraten …«

»Komm schon!«

»Sophie! Sei nicht so grausam zu mir. Ich weiß, dass du mich gern hast, aber schau, es gibt Dinge, die …«

Sie war kurz davor, in Tränen auszubrechen.

»Komm jetzt!«

Daraufhin hatte Sophie sie am Arm gepackt und sie buchstäblich aus der Bar geschleppt.

»Sophie! Ich flehe dich an! …«, bat Lélia inständig.

Vor der offenen Tür des roten Wagens, in den ihre Freundin nicht einsteigen wollte, hatte Sophie ihr eine Ohrfeige gegeben, vielleicht weil zuvor wieder mal von der Ohrfeige ihres Mannes die Rede gewesen war oder auch einfach nur deshalb, weil es kein anderes Mittel gab, um Lélia zum Einsteigen zu bewegen.

Und da war Lélia plötzlich wieder ein kleines Mädchen geworden, das in ihrer Ecke vor sich hin weinte.

»Du hast mich geschlagen, Sophie! Das ist das erste Mal, dass du mich geschlagen hast! Ich bin dir nicht böse, obwohl ich es eigentlich sein sollte … Ich bin dir nicht böse, weil … weil …«

Mit dem besonderen Scharfsinn von Leuten, die zu viel getrunken haben, entgegnete Sophie:

»Weil es dir gefällt! Weil du dazu geschaffen bist!«

Es war nicht ganz das, was ihre Großmutter gesagt hatte. Juliette hatte gesagt, dass Lélia das Unglück anziehe. Aber es kam fast auf dasselbe heraus.

»Sophie, sag mir, dass …«

»Schweig!«

»Halt wenigstens einen Augenblick an, damit ich mal eben pinkeln kann.«

Sie hatte sich vor dem Louvre auf den Gehsteig gehockt, und niemand hatte sie dabei gesehen, außer einem Gemüselieferanten.

Am Quai de Bourbon ließ Sophie die Wagentür mit einem Knall zufallen, musste aber noch einmal umkehren, weil sie vergessen hatte, das Standlicht auszuschalten. Auf der Treppe fing Lélia wieder an, von dem Mann zu reden, der Augen hatte wie Alain.

»Geh voran!«

Sie machten mehr Lärm als in der Nacht zuvor, das kam bei ihnen öfters vor. Lélia zog sich im Atelierzimmer aus und verstreute ihre Kleider im Raum, während Sophie sich wie gewohnt einen letzten Whisky einschenkte.

»Ich bin krank …«

»Ich weiß. Wir haben ja auch alles dafür getan.«

»Bleibst du bei mir, wenn ich einen Anfall bekomme?«

Manchmal, ja immer häufiger litt Lélia unter Herzkrämpfen, wenn sie zu viel getrunken hatte, und ihr Puls sank in solchen Momenten bis auf achtundvierzig. In solchen Augenblicken dachte sie jedes Mal, ihr letztes Stündlein sei gekommen, und Sophie anfangs auch.

»Es war richtig, dass du mich geohrfeigt und hierhergebracht hast. Ich bin dir wirklich dankbar. Aber kannst du mir vielleicht sagen, was ich jetzt hier soll?«

»Und ich?«

Lélia blickte ihre Freundin an und versuchte, sie zu verstehen, doch es gelang ihr nicht. Sie stand der Küchentür zugewandt, und plötzlich verkündete sie mit, wie sie sich einbildete, ganz leiser Stimme:

»Da ist die Alte!«

Da stand sie tatsächlich. Sie hatte ihr zinnfarbenes Haar mit Lockenwicklern aufgesteckt und trug einen Morgenrock in demselben Plüschrot wie ihre Pantoffeln. Sie musste die Auseinandersetzung zwischen den beiden jungen Frauen zwangsläufig mitbekommen haben, ließ sich jedoch nichts anmerken.

»Ich wollte nur fragen, ob ihr mich vielleicht braucht …«

Mit einem Blick hatte sie die Lage erkannt: Lélia stand nackt da, beide Hände auf die Brust gepresst, wie jemand, der sich gleich erbrechen muss, während Sophie scheinbar unbeteiligt in schwarzem Schlüpfer und Büstenhalter mit übereinandergeschlagenen Beinen in einem Sessel lümmelte und ruhig ihren Whisky schlürfte.

»Kommen Sie mit ins Badezimmer«, sagte die Alte sanft zu Lélia, als sei dies das Selbstverständlichste der Welt.

Sophie ließ alles geschehen. Sie lag zusammengerollt in ihrem Sessel, wobei die Knie ihren Kopf überragten. Den Blick wie abwesend und in weite Fernen gerichtet, sah sie abwechselnd auf die alte Frau mit ihren ruhigen, entspannten Gesichtszügen und dann wieder auf das junge Mädchen, dessen nackter, ungewöhnlich weißer Körper im rosigen Licht des Zimmers zu verschwimmen schien.

Lélia hatte fast keine Brüste, und auch Hüften und Bauch waren wie die eines kleinen Mädchens, so als wäre sie in ihrer Entwicklung im Alter von dreizehn oder vierzehn Jahren stehengeblieben.

Nach einem letzten tiefen Schluchzer ließ sie sich willig wegführen, während Sophie sich noch immer nicht von der Stelle rührte und nur teilnahmslos den vertrauten Geräuschen aus dem Badezimmer lauschte.

»Muss man ihr nicht etwas geben, irgendein Medikament?«, fragte Juliette, als sie kurze Zeit später in ihren Pantoffeln hereinschlurfte.

»Ein Beruhigungsmittel, damit sie keinen Anfall bekommt. Das Fläschchen steht auf dem Nachttisch.«

Als Lélia gegen zwei Uhr nachmittags die Augen aufschlug, war das Erste, was sie die träge neben ihr liegende Sophie fragte:

»War nicht deine Großmutter letzte Nacht mit uns zusammen?«

»Doch.«

»War ich nackt?«

»Ja. Sie war es, die dich ins Badezimmer gebracht hat.«

»Hat sie etwas gesagt?«

»Sie hat dir deine Tablette gegeben, und als du im Bett warst, hat sie mir gute Nacht gewünscht und ist in ihr Zimmer zurückgegangen.«

»Verstehst du das?«

»Was soll ich verstehen?«

Lélia war noch nicht ganz wach und hatte Mühe, einen klaren Gedanken zu fassen.

»Ich weiß auch nicht. Hat sie dich umarmt?«

»Sie hat mich in meinem ganzen Leben nie umarmt, höchstens als ich ganz klein war, und daran kann ich mich nicht erinnern.«

»Es ist mir so peinlich.«

»Bloß nicht. Falls dich das tröstet, kann ich dir sagen, dass sie selber auch zur Flasche greift – billiger Rotwein, übrigens.«

»Woher weißt du das?«

»Sie hat es mir selbst gesagt.«

»Ich habe nichts bemerkt.«

»Vielleicht übertreibt sie's jetzt noch nicht. Vielleicht braucht sie den Alkohol ja noch nicht so sehr ...«

»Ich fühle mich nicht gut, Sophie.«

»Schlaf weiter.«

»Mir tut alles weh.«

»Dann komm zu mir rüber ...«

Sophie brauchte das nicht zweimal zu sagen. Mit einem geschmeidigen Satz landete der allzu weiße Körper im anderen Bett. Lélia schmiegte sich an ihre Freundin, legte den Kopf auf ihre Schulter und rührte sich nicht mehr.

Um vier Uhr meldete Louise, dass ein Mann im Atelierzimmer warte, ein italienischer Manager, mit dem Sophie verabredet war, was sie völlig vergessen hatte.

Lélia schlief so tief, dass sie nicht aufwachte, sondern nur einen kindlichen Seufzer ausstieß, als sich ihre Freundin von ihr löste. Sophie zog ihre eng anliegende Hose und ihren alten Pullover über und zündete sich eine Zigarette an, die ihr aber nicht schmeckte. Ungeduldig wartete sie auf das Glas Schnaps, das Louise ihr anstelle eines Kaffees bringen sollte, und schon nach dem ersten Schluck fühlte sie sich besser.

Sie hatte zurzeit eine schlechte Phase. Sie hatte schon

öfter welche durchlebt, die mal mehr, mal weniger lang andauerten, doch wenn die Saison der Flugschauen begann, schaffte sie es immer wieder, mit dem Trinken fast ganz aufzuhören.

Der Italiener schlug ihr Termine und eine Reihe von Städten vor, wo sie im Frühjahr arbeiten sollte, und ihm gegenüber zeigte sie sich ruhig, aufmerksam und selbstbeherrscht, stellte Bedingungen und verhandelte über Honorare und organisatorische Details – bis hin zu bestimmten Hotels und Appartements, die für sie reserviert werden sollten.

In einem gewissen Moment hörte sie, dass in der Küche gesprochen wurde. Kaum war der Besucher gegangen, erschien Juliette in der Tür, brachte aber schon durch die Art, wie sie dastand, zum Ausdruck, dass sie jederzeit bereit war, sich wieder zurückzuziehen.

»Störe ich dich?«

»Nein.«

»Geht es deiner Freundin wieder besser?«

»Sie schläft.«

»Hoffentlich ist es ihr nicht unangenehm, wenn sie erfährt, dass ich mich um sie gekümmert habe?«

Und zum ersten Mal ließ sie kurz einen etwas persönlicheren Ton anklingen.

»Es ist mir so vertraut!«

Hätte sie mehr gesagt, wenn Sophie auf sie eingegangen wäre? Sophie war heute dazu nicht aufgelegt. Ebenso wenig wie dazu, über ihre eigenen Angelegenheiten zu sprechen.

»Du hast Besuch gehabt?«

»Ja.«

»Etwas Unerfreuliches?«

»Nein.«

»Hast du einen Agenten, der sich um deine Engagements kümmert, so wie die Künstler?«

»Ich kümmere mich selbst darum.«

»Willst du nichts essen?«

»Vielleicht später. Jetzt nicht.«

»Soll ich dich lieber allein lassen?«

»Du störst mich nicht. Wenn du Lust hast, kannst du eine Platte auflegen oder das Radio anstellen.«

»Hast du keinen Fernseher?«

»Ich bin doch abends fast nie hier ...«

Ihre Großmutter aber schon! War das der Grund für ihre Frage gewesen?

»Würdest du denn gerne fernsehen?«

»Ich habe es bis jetzt nur in Schaufenstern gesehen. Ich möchte vor allem nicht, dass du meinetwegen Ausgaben hast.«

Es gab auch fünf oder sechs Regalreihen mit allen möglichen kunterbunt durcheinanderstehenden Büchern.

»Musst du heute Abend weg?«

»Ich muss nie. Heute habe ich keine Lust. Ich habe aber auch keine Lust, hier zu Abend zu essen, und wie ich Lélia kenne, wird sie so lange schlafen, bis sie in ihre Bar muss.«

»Wirst du sie dort nicht abholen?«

»Vielleicht später. Ich lege keinen Wert darauf zu wissen, was ich in den nächsten zwei Stunden mache. Wenn ich nicht hingehe, dann nimmt sie eben ein Taxi. Sie hat schließlich einen Schlüssel.«

Plötzlich kam ihr ein Einfall. Es war nichts Weltbewegendes, entsprach aber gerade ihrer gegenwärtigen Stimmung.

»Weißt du, was ich manchmal mache, wenn ich allein bin und keinem meiner Bekannten begegnen will? Ich gehe zum Quai hinunter bis kurz vor den Pont-Marie. Dort ist ein kleines Restaurant für Stammgäste, wo es Papiertischtücher gibt und die Speisen auf einer Schiefertafel angeschrieben stehen. Hast du Lust, mit mir nachher dorthin zu gehen?«

Sie war überrascht von der Wirkung ihres Vorschlags. Ihre Großmutter bekam glänzende Augen, ihre Lippen begannen zu zittern, und sie stammelte:

»Du ... du willst mich tatsächlich einladen?«

Ihre Erregung dauerte nur kurz und wurde schnell durch ein Lächeln überspielt.

»Hauptsache, du fühlst dich nicht verpflichtet, mich auszuführen. Ich fühle mich ganz wohl in meinem Eckchen! Ich sehe dich kommen und gehen. Ich weiß, dass du in deinem Zimmer bist. Von Zeit zu Zeit gehe ich in die Küche, um Louise zu fragen, was du gerade machst. Gestern Abend haben wir uns in meinem Zimmer eine Weile unterhalten. Sie hat mir von ihrem Liebhaber erzählt, von dem Metzgergesellen, der sie jeden Samstag besucht ...«

»Warum gerade am Samstag?«

»Weil an dem Tag seine Frau immer ihre Mutter besucht, die bei Étampes wohnt. So hat jede Familie ihre kleinen Traditionen …«

Sophie hatte nie im Traum daran gedacht, dass in der Nacht von Samstag auf Sonntag immer ein Mann in der Wohnung sein könnte. Die alte Frau hatte dies aber rasch herausbekommen!

Sie verspürte zwar keine Eifersucht wegen dieser Vertraulichkeiten zwischen Juliette und ihrem Dienstmädchen, sie war aber doch so weit gekränkt, dass ihr die Lust an dem in Aussicht gestellten Abendessen verging.

»Lass uns gegen halb acht losgehen«, sagte sie schließlich doch. »Das Restaurant schließt ziemlich früh, weil das Café morgens schon um sechs für die Schiffer geöffnet wird.«

»Was soll ich anziehen?«

»Irgendwas halt. Ganz egal.«

»Ziehst du ein Kleid an?«

»Im Sommer gehe ich oft einfach in Hosen.«

Während Sophie badete und sich anzog, schlief Lélia immer noch. Erst als ihre Freundin gerade aufbrechen wollte, begann sie sich zu rühren und fragte mit schlaftrunkener Stimme, ohne die Augen zu öffnen, weil das Licht sie blendete:

»Wohin gehst du?«

»Abendessen.«

»Mit wem?«

»Mit Juliette.«

»Juliette?«

»Meiner Großmutter.«

»Wohin?«

»Zu Chez François. Kommst du nach?«

»Das schaff ich nicht.«

»Dann schlaf weiter.«

»Sag Louise …«

»Ich weiß – dass sie dich um halb zehn wecken soll.«

»Holst du mich später ab?«

»Vielleicht.«

Es fühlte sich für Sophie merkwürdig an, die Wohnung an der Seite ihrer Großmutter zu verlassen, mit ihr ans Seine-Ufer zu gehen und, wie in ihrem Viertel üblich, gemächlich über das nasse Pflaster zu schlendern.

Es hatte jetzt aufgehört zu regnen, die Luft war frisch, und am Himmel funkelten einige Sterne. In einem der Nachbarhäuser wurde ein Empfang gegeben, die ankommenden Autos standen dort Schlange wie vor einem Theatereingang, Damen in Cocktailkleidern stiegen aus, verströmten ihr Parfüm in die Abendluft, und einige Männer waren bereits im Smoking.

Die alte Frau strahlte, als ginge sie ebenfalls auf ein Fest.

»Lässt du deinen Wagen immer vor dem Haus stehen?«

»Nur einen. Diesen hier. Den roten.«

»Und die anderen?«

»Einer ist in einer Garage in der Rue Saint-Louis-en-l'Île abgestellt, und den schnellsten lasse ich in Montlhéry.«

Nach fünfzig Metern drehte sich die alte Frau immer noch um, um zu sehen, wie die Leute aus den Autos stiegen und wie hinter den hohen Fenstern die hell erleuchteten Lüster prangten.

»Ich erinnere mich an eine Zeit, als dies hier noch kein vornehmes Viertel war«, sagte sie. »Heute heißt es, es sei eines der teuersten von Paris, voll von Amerikanern und Engländern. Hast du deine Wohnung leicht gefunden?«

»Zufällig. Ich habe sie von Freunden übernommen, die nach Südamerika gegangen sind.«

»War sie schon möbliert?«

»Teilweise.«

»Ist es hier?«

Sie waren vor dem Chez François angekommen. Im Gastraum zur Straße hin standen einige Leute in Arbeitskleidung und tranken einen Aperitif. Der Wirt, der die Ärmel hochgekrempelt hatte, begrüßte Sophie wie eine alte Bekannte und schaute neugierig auf die alte Frau.

»Heute gibt es Rindfleisch in der Salzkruste, Mademoiselle Émel.«

Und die Großmutter fragte ganz leise:

»Magst du das auch so gern?«

Sie ließen sich in einer Ecke nieder. Nur vier Tische waren besetzt.

»Was für Wein möchten Sie trinken?«, fragte die Kellnerin.

Juliette blickte ihre Enkelin kurz an und wagte dann zu äußern:

»Für mich Rotwein.«

»Und für Sie, Mademoiselle Sophie? Auch Beaujolais?«

Im Gastraum war es warm. Unter den Lampen breiteten sich Rauchschwaden aus, und von der Küche kam kräftiger Essensgeruch. Die Kellnerin brachte *rillettes*, Pastete und auf einem Gemüseberg liegende heiße Wurst, von der sie für jede der beiden Frauen eine dicke Scheibe abschnitt.

Juliettes Augen glänzten, sie konnte sich nicht zurückhalten und leerte das erste Glas Wein fast in einem Zug.

»Weißt du, Sophie ... *Ohne dich wäre ich jetzt wirklich tot* ...«

Sie war glücklich, am Leben zu sein, in diesem Lokal zu sitzen und noch dazu nicht allein, sondern mit jemandem, der sich mit ihr befasste. Beim dritten Glas Beaujolais wurde sie jedenfalls ganz rührselig.

»Eines Tages werde ich dir alles erzählen ... Ich weiß noch nicht, wann ... Es wird wahrscheinlich noch ein bisschen dauern ... Langweile ich dich auch nicht? Bereust du es nicht schon, dass du mich zum Abendessen eingeladen hast? ... Seit gestern habe ich viel über deine Freundin nachgedacht ... Nein! Sprechen wir jetzt nicht darüber ... Kennst du das Paar, das dort rechts

unter dem Spiegel sitzt und dich pausenlos anschaut? ...
Ich kann nicht verstehen, was sie sagen, aber ich habe
den Eindruck, dass sie Englisch sprechen ...«

Die Kellnerin kam und stellte ein großes dunkel-
grünes Einmachglas mit Essiggurken vor sie auf den
Tisch, worauf die Augen der Großmutter vor Staunen
und Esslust erst recht zu glänzen begannen.

4

Eine knappe Stunde lang waren sie in dem schlichten und doch gemütlichen Gastraum des Chez François einfach nur zwei Frauen gewesen, die aßen und ihr Vergnügen daran fanden, zwei Frauen, die nicht mehr miteinander gemein hatten, als dass sie zusammen an einem Tisch saßen und von derselben unbekümmert anonymen Atmosphäre durchdrungen wurden, die auch alle anderen Gäste sofort spürten, wenn sie diesen warmen und nach Essen riechenden Raum betraten. Eine Entspannung, die erst aufhörte, wenn man zum Mantel griff und zur Tür steuerte, um wieder in den Alltag einzutauchen.

Während dieser knappen Stunde hatte es für sie weder Vergangenheit noch Zukunft gegeben; nur Essen, reichlich Wein und ein wohliges Gefühl, dem sie sich ganz hingaben, während sie nur belanglose Sätze wechselten.

Danach hatten sie sich wie andere Gäste, wie Tausende zu dieser Stunde in Paris, wieder die Mäntel angezogen, waren durch die von außen schwarz spiegelnde Tür hinausgegangen, wo sie, mit dem fröhlichen »Auf Wiedersehen« des Wirts im Ohr, sofort wieder Schweigen und Kälte umhüllte.

Der Pont-Marie lag menschenleer vor ihnen; nur ein

einzelner Passant überquerte ihn eilig. Am anderen Seine-Ufer, wo die Schleppkähne vertäut lagen, standen die unterschiedlich hohen und breiten alten Häuser des Saint-Paul-Viertels schief aneinandergeduckt, und nur wenige erleuchtete Fenster durchbrachen die dunkle Front.

»Ich war wirklich ganz in der Nähe ...«, bemerkte Juliette und suchte dabei zwischen den mondbeschienenen Dächern nach dem Dach, unter dem sie gelebt hatte.

Dann sagte sie zögernd wie ein kleines Mädchen, das Angst hat, zu viel zu verlangen:

»Sollen wir mal nachsehen gehen?«

Sie gingen die Rue des Nonnains-d'Hyères entlang, wo überall aus den Fenstern das Radio plärrte. Ein kleiner Lebensmittelladen, wie man sie sonst nur noch auf dem Land findet, hatte noch geöffnet, im Schaufenster waren Eingemachtes und nicht mehr ganz frische Lebensmittel ausgestellt, und vor die Fensterläden der gelbgestrichenen Kohlenhandlung Ecke Rue de Jouy waren Eisenstangen gelegt.

»Schau mal!«

Ein Bretterzaun versperrte nun nicht nur den Gehsteig, sondern die halbe Straße, einige Plakate klebten bereits darauf, und eine Sturmlampe rauchte. Wenn man hochblickte, konnte man sehen, dass in der Häuserreihe eine Lücke klaffte, ein Dach und mehrere Stockwerke fehlten, von denen noch Spuren an der anliegenden Brandmauer erkennbar waren. Der Arm eines Krans hob sich dunkel vor dem Himmel ab.

Von dem, was einmal die Wohnung der alten Frau gewesen war, sah man nur noch rechteckige Umrisse an der Mauer des Nachbarhauses, eine weiße und eine rosafarbene Wand, von der die Tapete hinunterhing, und die schwarze Einfassung eines im Leeren hängenden Kamins, daneben das helle Viereck der ehemaligen Küchenecke mit den gewundenen Bleirohren.

»Es hat also gestimmt! Der Kommissar hat nicht gelogen. Angeblich schlägt man mit einer riesigen Eisenkugel, die vorn am Kran hängt, so lange gegen die Mauern, bis sie einstürzen.«

Sie blieb nicht lange dort stehen, Sophie brauchte sie nicht erst zum Gehen zu bewegen. Sie kehrte von sich aus um; sie war nicht traurig; es schien sie im Gegenteil zu beruhigen, dass sie es nun selbst gesehen hatte.

Nachdem sie den Pont-Marie wieder überquert hatten, musste die Alte kein Wort sagen; als hätten sie sich abgesprochen, bogen beide, statt nach Hause zu gehen, zunächst nach links, um einen Rundgang um die Insel zu machen.

Von weitem sahen sie die noch immer gedrängt bis zur Mitte des Gehsteigs stehenden Autos vor dem Haus, in dem der Empfang stattfand, und das strahlende Licht der beiden Kristalllüster, das nur durch die Entfernung etwas gemildert wurde, außerdem schemenhaft die sich angeregt unterhaltenden Gäste, die Münder, die sich zum Sprechen oder zum Lachen öffneten.

Sonst herrschte Totenstille, nur vereinzelt drang aus wie ausgestorben wirkenden Zimmern ein Lichtschein.

»Als ich klein war, in Moulins, fürchtete ich mich immer, wenn es so still war …«

Und, nach einer Pause:

»Weißt du, warum ich plötzlich daran denken musste? Weil ich das Hallen unserer Schritte höre. Als Kind hab ich mich vor dem Geräusch meiner eigenen Schritte gefürchtet und mir immer vorgestellt, dass jemand hinter mir herging. Manchmal bin ich dann plötzlich stehen geblieben, um mich zu versichern, dass das Geräusch verstummte. Hast du das auch gemacht?«

»Ja, am Boulevard Saint-Germain, als während des Kriegs die Straßenlaternen dunkelblau angestrichen waren und die Leute nachts mit Taschenlampen in der Hand herumgingen. Man sah auch die Autos nicht herankommen, denn ihre Scheinwerfer ließen nur durch einen winzigen Spalt Licht durch …«

»Zu meiner Zeit ist man noch keinen Autos begegnet. Es gab auch noch keine Elektrizität, nur Gas, und die Schaufenster waren abends nicht beleuchtet. Es wäre auch sinnlos gewesen, denn die Straßen waren um diese Uhrzeit menschenleer. Die einzigen Lichter in der ganzen Stadt, an die ich mich erinnere, waren die der Brasserie Parisienne, wo mein Vater zum Kartenspielen hinging.

Als ich eines Abends allein mit meiner Mutter zu Hause war, ist sie in Ohnmacht gefallen, und ich bin atemlos durch die Straßen gerannt. Ich sehe noch heute die beiden breiten, mit einem groben Vorhang verhüllten Fenster vor mir, hinter denen sich ein geheimnisvolles Leben abspielte.

Ich frage mich, ob meine Mutter die Brasserie je betreten hat. Das gehörte sich damals nicht. Ich sah ein wildes Durcheinander, Musikanten auf einem Podium, Marmorsäulen und Spiegel ringsum, die den ohnehin großen Raum noch größer wirken ließen, und ich höre noch das Klacken der Billardkugeln, sehe noch die hinter Rauchwolken verschwimmenden Gesichter, die unbeweglich dastehenden Kellner, die mich anstarrten, rieche noch den Dunst von Bier, Alkohol und Zigarren. Plötzlich stand ich direkt vor meinem Vater, und so mit den Karten in der Hand schien er mir ein ganz anderer Mann zu sein als der, den ich kannte.

Ich weiß nicht mehr, ob ich mit den Nerven so am Ende war oder mich wichtig machen wollte, jedenfalls habe ich absichtlich laut gebrüllt:

›Papa! Komm schnell! Mama liegt im Sterben!‹«

Sie schwieg, weil eine Frau unbestimmten Alters langsam näher kam und dabei immer wieder stehen blieb, wenn ihr Hund an einer Mauer schnupperte. Sie konnten ihr kurz ins Gesicht sehen. Als sie an ihr vorübergegangen und einige Meter entfernt waren, murmelte Juliette:

»Hast du gehört? Sie spricht mit sich selbst.«

Diese Insel der Einsamkeit und Stille mitten in Paris schien sie aufzuwühlen und in ihr das Bedürfnis zu wecken, wie diese andere Frau einfach in der Dunkelheit vor sich hin zu reden.

»Irgendwie war ich damals enttäuscht, dass meine Mutter an jenem Abend nicht gestorben ist. Nicht etwa weil ich sie hasste oder ihr etwas Böses wünschte, sondern damit sich endlich etwas veränderte, damit ich nicht mehr in diesem Haus mit dem Kurzwaren- und Spitzengeschäft leben musste, dessen Geruch mich so angeekelt hat.

Meine Mutter hatte es als Mitgift erhalten. Als sie heiratete, haben sich meine Großeltern, obwohl sie noch jung waren, aufs Land zurückgezogen und ihr das Geschäft überlassen, die beste Kurzwarenhandlung der Stadt. Es lag in der Rue de Paris, neben der berühmten Waffen- und Munitionshandlung, wo alle Jäger und Schlossbesitzer aus der Umgebung einkauften.

Damals wurden die Geschäfte spät geschlossen. Wir aßen immer um halb sieben, und kaum saßen wir am Tisch, da klingelte auch schon wieder die Ladenglocke ...«

Sie redete sich in Rage. Sie wollte etwas sagen, was in ihrer Erzählung aber nicht richtig zum Ausdruck kam. Ihre Gedanken drehten sich irgendwie im Kreis, und sie verlor den Faden.

»Sieh mal!«

Als habe das etwas mit ihrer Erzählung zu tun, zeigte sie auf zwei erleuchtete Fenster, hinter denen sich ein sehr hoher Raum mit einem Mahagonibücherschrank voller gebundener Bücher befand; über der Rückenlehne eines vom Fenster abgewandten Sessels sah man einen kahlen, etwas gelblichen Schädel, der sich nicht rührte.

»Verstehst du, was ich meine?«

»Ich glaube schon.«

»Das Gefühl, dass alles erstarrt, dass die Luft plötzlich eine feste Materie wird und einen erstickt ...«

Sie hatten nun den Quai de Béthune auf der anderen Seite der Insel erreicht, und auch hier fand in einem vornehmen Privathaus ein Empfang statt oder ein großes Diner; zwei Stadtpolizisten hielten an der Tür Wache. Die Seine war hier breiter. Auf dem gegenüberliegenden Quai fuhren die Autos und Autobusse in fast ebenso dichten Schlangen wie tagsüber.

Juliette lachte kurz auf.

»Wahrscheinlich haben junge Mädchen es deshalb so eilig zu heiraten ... Hast du mit fünfzehn nicht auch davon geträumt zu heiraten?«

»Schon möglich.«

»Um den Eltern zu entrinnen, Leuten, die man im Grunde gar nicht kennt, einer Umgebung, einem Leben, das wohl zu ihnen, aber nicht zu einem selbst passt ... Ich habe wohl gedacht, wenn meine Mutter stürbe, würde ich dann allein mit meinem Vater leben, und die Vorstellung gefiel mir, nicht unbedingt deshalb, weil er mein Vater, sondern einfach, weil er ein Mann war ... Vielleicht auch, weil ich mir einbildete, dass ich dann im Haushalt das Sagen haben würde? ... Meinst du, ich habe zu viel Beaujolais getrunken?«

In der Nacht davor hatte Sophie zu viel getrunken, weshalb sie sich auch jetzt noch ganz benebelt und verkatert fühlte. Zwei Whisky und ein paar Gläser Rotwein hatten nicht gereicht, um sie wieder ins Lot zu bringen, und jedes Wort der alten Frau hallte in ihr noch endlos weiter.

»Gehen wir hinauf!«, seufzte sie.

Beim Anblick ihres Autos war ihr eben ein verrückter Einfall gekommen: Juliette einsteigen zu lassen und mit ihr irgendwohin zu fahren, mit ihrer Großmutter zu trinken, wie sie sonst mit den anderen trank, in einem Durcheinander von unbekannten Gesichtern, Stimmen und unzusammenhängenden Satzfetzen.

Wer weiß? Eines Tages würde sie es vielleicht tun. Es würde recht lustig sein, doch so weit waren sie noch nicht.

Als sie unter dem dunklen Torbogen hindurchgingen, berührte Juliette Sophie plötzlich am Arm und zeigte nach hinten. Dort stand ein Liebespaar an die Tür gelehnt, Mund an Mund, und aus dem Augenwinkel blickte die Frau sie gleichgültig an.

Es brachte keine von beiden zum Lächeln. Die Treppenhausbeleuchtung war angegangen, und aus der Wohnung im ersten Stock ertönte sanfte Musik.

»Weißt du, wer da wohnt?«

»Nein.«

Sophie hatte diesen Mieter oder die Mieterin noch nie gesehen. Womöglich war es ein Behinderter oder ein Kranker, der nie aus dem Haus ging?

»Entschuldige, ich muss kurz stehen bleiben, meine Beine sind ganz schwer vom Wein.«

Auf dem nächsten Treppenabsatz entdeckte Sophie bei einem flüchtigen Seitenblick auf ihre Großmutter, dass deren Augen irgendwie alterslos wirkten. Sie war von dieser Entdeckung gleichzeitig fasziniert und peinlich berührt, als hätte sie ihr etwas gestohlen.

War es für sie nicht vielleicht doch das Beste, noch zwei oder drei Scotch zu trinken und auszugehen wie jeden Abend? Sie suchte nach dem Schlüssel in ihrer Tasche, denn Louise lag bestimmt schon im Bett. Sie hatte beschlossen, Juliette nur schnell nach oben zu bringen und dann leise wegzugehen.

Sie stieß die Tür auf und machte Licht an. Im Atelierzimmer brannte wie gewöhnlich die rosa Lampe. Auf der Schwelle, noch in Hut und Mantel, sagte Juliette:

»Danke für diesen schönen Abend. Ich ziehe mich jetzt zurück, denn du willst sicher noch ausgehen?«

»Ich bleibe wohl eher hier.«

»Hast du nichts mit deinen Freunden ausgemacht?«

Sophie hatte ihren pelzgefütterten Gabardinemantel über einen Sessel geworfen und steuerte auf das Tischchen mit den Flaschen zu.

»Wenn ich dich nicht störe, würde ich dir gern noch einen Augenblick Gesellschaft leisten. Ich gehe mir nur schnell die Schuhe ausziehen.«

Als sie verschwunden war, zuckte Sophie gereizt, ein wenig angewidert und beinahe versucht, die alte Frau zu hassen, mit den Schultern. Als diese bald darauf zurückkam, war ihr deutlich anzusehen, dass sie hastig ein Glas geleert hatte.

»Hat dich das schockiert, was ich vorhin über meine Mutter und mein Elternhaus erzählt habe?«

»Mich schockiert so leicht nichts.«

»Hast du deiner Mutter nie den Tod gewünscht?«

»Doch, oft. Setz dich. Einen Whisky?«

»Meinst du? ... Aber dann ganz wenig ...«

Sie setzte sich noch knapper auf die Sesselkante als sonst. Minutenlang hingen beide Frauen ihren eigenen Gedanken nach. Die Alte ließ dann als Erste erkennen, in welche Richtung die ihren gegangen waren. Wie gewöhnlich strich sie zuerst wie eine Katze um den heißen Brei herum.

»Lélia macht sich ja nicht klar ...«

Und dann fuhr sie fort, als habe das Folgende etwas mit diesem Satzanfang zu tun:

»Das Mädchen, das wir unter dem Torbogen gesehen haben, geht bestimmt gleich in die elterliche Wohnung hoch und wäscht sich auf dem Weg in ihr Zimmer die Hände, aus Angst, sie könnten nach Mann riechen.«

Sophie lag, eine Zigarette in der Hand und das Glas in Reichweite, mit angezogenen Beinen auf dem Diwan und betrachtete das Gesicht ihrer Gesprächspartnerin, das ihr sehr weit entfernt und völlig alterslos erschien. Je länger sie es gedankenverloren anstarrte, desto mehr verschwamm es vor ihr, bald sah sie nur noch die Augen und darunter die sich bewegenden Lippen.

»Wie alt war deine Schwester, als sie geheiratet hat?«

»Siebzehn Jahre und acht Monate.«

»Hatte sie davor schon andere Männer gehabt?«

»Das weiß ich nicht. In den zwei Jahren davor sind wir nicht mehr zusammen ausgegangen, und zu Hause hatten wir inzwischen jede ein eigenes Zimmer.«

»Und du, hast du schon Männer gekannt in dem Alter?«

»Nein.«

»Ich auch nicht. Nicht mit achtzehn. Erst mit neunzehn. Ich wollte unbedingt arbeiten, doch wohlerzogene Mädchen haben damals noch nicht in Büros gearbeitet.«

»Was hat dein Vater beruflich gemacht? Darüber wurde bei uns zu Hause nie gesprochen.«

»Doch, doch, bestimmt, du hast dich nur nicht dafür interessiert. Er war Bürovorsteher in der Präfektur. Ein schöner Mann. Zu Hause hat er nur wenig gesprochen. Ich habe ihn vor allem in Erinnerung, wie er morgens wegging und abends wieder heimkam, immer ruhig, immer ein wenig geheimnisvoll.

Heute frage ich mich, ob sich meine Eltern überhaupt geliebt haben. Damals konnte ich mir das nicht vorstellen, schon weil sie mir dafür zu alt erschienen, aber auch, weil meine Mutter selbst zum Schlafen so eine Art Flanellunterwäsche trug, die irgendwie schal und säuerlich zugleich roch. Der Gedanke, dass sie mit meinem Vater in einem Bett schlief, war für mich unerträglich.

Ich hatte keine Lust, in unserem Geschäft zu helfen, dorthin kamen nur Frauen, vor allem alte, die einem stundenlang über den Ladentisch hinweg Tratsch zugeflüstert haben. Da ich Klavier spielen gelernt hatte, konnte ich stattdessen Verkäuferin in einer Musikalienhandlung werden, in der düsteren und ehrwürdigen

Firma Demarie, wo die Klaviere und Konzertflügel nur so glänzten …

In einer anderen Branche hätten meine Eltern mich nicht arbeiten lassen. Musik, das war etwas Vornehmes. Und der alte Monsieur Demarie war ein so ehrenwerter Mann …

In einem Anbau hinten im Hof wurden die aus Paris gelieferten Klaviere von ihrer Verpackung befreit. Das war die Aufgabe des jungen Demarie: Gaston, fünfunddreißig Jahre alt, mit hochgezwirbeltem Schnurrbart, der mich immer mal wieder dorthin zog, sobald sein Vater in die Wohnung hinaufstieg zum Mittagsschlaf.

Einen Monat lang war er ziemlich ungeschickt vorgegangen, und ich habe ihn machen lassen, meine Neugier war stärker als meine Entrüstung. Ich habe ihn beobachtet und mich jedes Mal gewundert, dass sein Gesicht einen so seltsamen Ausdruck bekam und dass er danach immer wortlos davongestürzt ist und mir den Rest des Tages aus dem Weg ging.

Von der Musikalienhandlung aus konnte man die Kathedrale sehen, und irgendwann habe ich entdeckt, dass Gaston jedes Mal zur Beichte geeilt ist, nachdem er mit mir im Anbau war. Glaubst du an Gott?«

»Ich weiß nicht.«

»Wie war das bei dir?«

Nach einer Pause fuhr die Alte fort:

»Wenn es dir peinlich ist, darüber zu sprechen …«

»Es ist mir nicht peinlich. Nur entfernt es sich wahrscheinlich, wenn ich es erzähle, ziemlich weit von der

Wahrheit. Außerdem erhält es dadurch eine Bedeutung, die es in Wirklichkeit gar nicht hatte. Im Grunde hätte es sich wohl nicht so abgespielt, wenn man uns nicht immer nur ›die Zwillinge‹ genannt hätte, als wäre nicht jede von uns schon immer eine eigene Persönlichkeit gewesen.«

»Daran habe ich nie gedacht. Zum Teil ist das auch meine Schuld. Nimmst du mir das übel?«

»Niemand ist daran schuld, und du hast auch gar nicht damit angefangen. Das war schon in der Schule so …«

Langsam und ganz in Gedanken trank Sophie einen Schluck aus ihrem Whiskyglas.

»Bei ihren Freundinnen hatte Adrienne einen jungen Mann kennengelernt. Ich hatte nämlich beschlossen, dass jede von uns ihre eigenen Freundinnen haben sollte. In Wirklichkeit hatte ich aber eigentlich keine. Ich hielt mich für anders als die anderen.«

»Jeder hält sich für anders. Auch ich. Auch das Mädchen, das wir unten gesehen haben. Und die Alte, die mit sich selbst gesprochen hat, während sie ihren Hund ausführte. Sogar Lélia! Ich bin sicher, dass du dich immer noch für anders hältst als die anderen.«

»Und du?«

Juliette zuckte die Schultern.

»Glaub nur ja nicht, dass man mit dem Alter klüger wird!«

»Der junge Mann hieß Jean, Jean Arnonville, und ich habe Adrienne damit aufgezogen, dass sie sich ja nur in seinen Namen verliebt habe. Seine ganze Familie bestand aus Leuten mit wichtigen Ämtern in der Regierung, der Vater war Staatsrat, ein Onkel Staatsanwalt, ein anderer Senator, und er selbst hatte nach Abschluss seines juristischen und politikwissenschaftlichen Studiums eine hohe Stellung im Finanzministerium.

Sechs Monate lang hat man zu Hause nur von den beiden gesprochen, hat man nur sie gesehen, und Maman hatte nichts anderes im Kopf, als die Hochzeit vorzubereiten. Von einem Tag auf den anderen stand ich im Hintergrund, und niemand hat sich mehr um mich gekümmert.

Jean wohnte in der Nähe von Trocadéro in einer Wohnung, in die das Paar nach der Hochzeit ziehen sollte, das Haus gehörte der Familie.

Da habe ich ihn an einem Sonntagmorgen besucht. Ich weiß nicht, ob ich aus Eitelkeit, aus Trotz oder aus einer Art Verzweiflung auf diese Idee gekommen war. Das ist auch unwichtig, und ich will es gar nicht so genau wissen. Ich hatte keinerlei Erwartungen, weder dass er sich in mich verlieben noch dass er mit meiner Schwester brechen würde. Es war wohl spät geworden am Vorabend, denn er kam gerade erst aus dem Bad, und es war schon elf Uhr vormittags. Er hat nach Eau de Cologne gerochen und hatte ein Fleckchen Talk oder Puder an seinem Ohr. Er war überrascht, verstand nicht, weshalb ich ihn besuchte, und kam in seinem schwarzseidenen Morgenrock auf mich zu, weil er wohl meinte, ich hätte ihm etwas auszurichten …«

Juliette lächelte amüsiert.

»Und? Hast du dein Ziel erreicht?«

»Nicht ohne Mühe. Als er gemerkt hat, dass ich noch Jungfrau war, hat er mich erst mal beschworen, mich wieder anzuziehen. Später hat er dann besorgt gefragt:

›Wie soll das jetzt weitergehen?‹

Ich habe ruhig geantwortet:

›Gar nicht. Sie werden Adrienne heiraten.‹

›Und Sie?‹

›Machen Sie sich um mich keine Gedanken.‹

›Aber wenn ich mich jetzt in Sie verliebt habe?‹

Vielleicht war es genau das, was ich gewollt hatte: die Erinnerung an mich zwischen die beiden zu schieben, sodass sie sich nicht mehr lieben konnten, ohne dass auch ich irgendwie dabei war.

Um nicht an der Hochzeit teilnehmen zu müssen, habe ich meinen Vater gebeten, mich zum Studieren in die Vereinigten Staaten zu schicken. Danach habe ich nie mehr am Boulevard Saint-Germain gewohnt, und wenn ich meine Eltern besucht habe, dann schon als jemand, der der Familie entronnen war. 1956, als mein Vater an Krebs gestorben ist, war ich gerade in Spanien.«

Juliette war noch nicht zufrieden. Sie bohrte weiter.

»Hättest du ihn geheiratet?«

»Ich glaube nicht.«

»Hattest du nie Lust zu heiraten?«

»Nein.«

»Und auch nie mit einem Mann zusammengelebt?«

Sophies Gesicht umwölkte sich, und sie gab nur noch

widerwillig Antwort, so als sträube sie sich, in irgendwelche Dunkelzonen hinabzutauchen.

»Nie länger als eine Nacht«, antwortete sie schroff.

Und dann, als wollte sie ihre Großmutter provozieren:

»Wenn mir danach ist, hole ich mir lieber den Erstbesten von der Straße. Wundert dich das?«

Juliette stand wortlos auf, streckte Sophie ihr Glas hin und bat:

»Gibst du mir bitte noch ein wenig? Nur einen Fingerbreit, dann gehe ich schlafen. Ich fürchte, ich habe mich am Quai erkältet.«

Sophie fragte:

»Und du, hast du es noch nie so gemacht?«

»Nicht unbedingt ... Aber letztlich kommt's wohl auf dasselbe heraus ...«

Eben noch hatte Sophie vorgehabt, ihre Großmutter zu täuschen und so zu tun, als würde sie sich schlafen legen. Kaum wäre sie allein gewesen, hätte sie zu Lélia gehen können.

Jetzt kam Juliette ihr zuvor und fasste sie mit einer fast beschützenden Geste an der Schulter, so wie es auch Lélia hätte machen können.

»Du musst noch ausgehen. Ich selbst gehe lieber schlafen. Ich habe zu viel geredet. Ich bin mir nicht sicher, aber womöglich habe ich damals auch Selbstgespräche geführt, als ich mit meinem alten Hund spazieren gegangen bin. Trink dein Glas aus und geh schon, ich bleibe noch einen Augenblick hier sitzen.«

Etwas später, als Sophie nach ihrem Regenmantel griff, fragte Juliette:

»Trägst du deine anderen Mäntel nie?«

»Selten.«

»Und deinen Schmuck?«

»Nur wenn's sein muss.«

»Und weißt du, was ich dumme alte Frau dir noch sagen wollte?«

»Was?«

»Fahr nicht zu schnell!«

Sophie traf erst gegen halb drei im Patate ein, als die meisten Gäste schon in Aufbruchstimmung waren. Sie sah müde und verdrossen aus, und als ihr die Garderobefrau den Mantel abnehmen wollte, wies sie sie schroff zurecht.

Lélia saß an die Wand gelehnt auf einem Barhocker in ihrer Ecke. Als sie Sophie hereinkommen sah, runzelte sie die Stirn.

»Wo warst du?«, fragte sie leise.

Sophie zuckte nur mit den Achseln und griff nach dem erstbesten Glas, einem Kelch Champagner.

»Kannst du es dir nicht denken?«

»Mit wem warst du unterwegs?«

»Egal. Komm jetzt!«

Auf dem Rückweg kamen sie an der Stelle vorbei, wo Lélia sich am Vorabend an den Bordstein gehockt hatte, doch jetzt waren sie anderer Stimmung.

Auch Lélia war müde, und Sophies Schweigen, das

sie nicht zu unterbrechen wagte, machte sie beklommen.

Zu Hause zogen sie sich wortlos aus, dann nahm Sophie ein ausgiebiges Bad.

»Gute Nacht.«

»Gute Nacht. Ist alles gutgegangen mit deiner Großmutter?«

»Lass uns schlafen.«

Damit wurde das letzte Licht in der Wohnung gelöscht, doch beide Frauen wälzten sich noch eine Weile in ihren Betten hin und her, bis sie endlich einschliefen.

Lélia stand um zehn Uhr als Erste auf, denn um elf hatte sie Tanzunterricht. Ein Regisseur, den sie kaum kannte, hatte ihr bei einem Abendessen erklärt:

»Sie, meine Kleine, Sie landen noch beim Film.«

Und als sie ihn ungläubig angestarrt hatte, fuhr er fort:

»Keine dramatischen Rollen, auch nicht in Komödien, ich kann mir Sie eher in Musicals vorstellen. Dafür müssen Sie aber tanzen lernen.«

Sie hatte einen Termin zum Vorsingen bekommen und war hingegangen. Nun fuhr sie zweimal in der Woche am Morgen und noch ganz übernächtigt, die Tanzschuhe und das Trikot unterm Arm, mit der Metro in ein tristes Tanzstudio in der Rue de Clichy zum Unterricht. Obwohl ihr jedes Mal hinterher alles weh tat, machte sie brav weiter.

Kurz nachdem Lélia weggegangen war, wurde Sophie durch einen Anruf geweckt: Ein Maler bat sie inständig, abends zur Einweihung seines neuen Ateliers zu kommen. Aus reiner Trägheit sagte sie zu. Louise, die ihre Stimme gehört hatte, kam nun, um zu fragen, ob sie etwas wünschte.

»Kaffee und Croissants.«

»Kommt Mademoiselle Lélia zum Mittagessen?«

»Sicher nicht vor halb zwei.«

Sie frühstückte auf dem Diwan im Atelierzimmer und sah erstaunt den blauen Himmel und die Sonne, die die Türme von Notre-Dame mit Licht überflutete. Das Panorama von Paris, das nun so lange Zeit immer nur schwarz-weiß gewesen war, leuchtete jetzt in allen Farben, und die Lastkähne und rotweißen Dreiecke auf dem Vordersteven der Schlepper sahen aus wie frisch gestrichen.

Sie zählte nicht weniger als sechs Angler auf dem Leinpfad, die von Zeit zu Zeit ihre Rute auf den Boden legten und den Schwimmer von weitem beobachteten, während sie zum Aufwärmen Füße und Arme gegeneinanderschlugen. Sie sah sogar einen kleinen Fisch an einer Angelschnur in der Luft zappeln.

Sie zog ihre Post und die nach Druckerschwärze riechenden Zeitungen zu sich heran. Louise stand immer noch da und konnte sich offenbar nicht entschließen hinauszugehen.

»Willst du mir etwas sagen?«

»Ich weiß nicht recht. Madame Juliette möchte eigentlich nicht, dass ich mit Ihnen darüber spreche.«

»Ist sie krank?«

»Sie fühlt sich nicht ganz wohl, wie sie sagt. Sie behauptet, es sei nicht weiter schlimm und sie sei an diese Art von Erkältungen und die damit verbundenen Schmerzen an Schultern und Rücken gewöhnt. Es fühle sich an wie Rheuma.«

»Liegt sie im Bett?«

»Ja, sie ruht sich aus. Ich habe ihr mein kleines Radio geliehen und Zeitschriften gebracht.«

War das Ganze nun eine List, oder übertrieb die alte Frau einfach ein harmloses Leiden, um ihre Interessen durchzusetzen?

Hatte sie nicht schon am Abend zuvor ins Gespräch einfließen lassen, dass sie befürchtete, sich erkältet zu haben, obwohl sie doch eigentlich gar nicht diesen Eindruck erweckte?

»Gehen Sie mal zu ihr?«

Sophie blieb wohl nichts anderes übrig. Sie steckte sich eine Zigarette an, durchquerte die dampferfüllte Küche und klopfte im Flur an die erste Tür.

»Kommen Sie herein, Louise.«

Sogar dieses »Louise« war falsch, denn die Alte konnte sehr wohl die Schritte unterscheiden.

»Ach, du bist es!«, rief sie aus. »Und dabei hatte ich Louise doch noch extra gesagt, sie soll dich nicht behelligen.«

Trotzdem wirkte sie hocherfreut, wenn auch ein bisschen ängstlich, wie jemand, der eine Überraschung vorbereitet hat und nicht sicher ist, ob sie entsprechend gewürdigt wird.

In ihrer grausamen Art tat Sophie, als bemerke sie nichts von all den Veränderungen, die mit dem Zimmer vorgegangen waren, als nehme sie nur ihre Großmutter wahr.

»Hast du Fieber gemessen?«

»Ich habe kein Fieber. Oder höchstens ganz wenig, deshalb braucht man sich nicht zu beunruhigen. Ich habe zwei Aspirin genommen und einen Glühwein mit viel Zucker und Zimt getrunken; morgen bin ich wieder auf den Beinen.«

Sie lag nicht im Bett, sondern saß aufrecht darin. Um ihre Schultern hatte sie einen blauen Schal geschlungen. Das Radio am Kopfende des Bettes spielte leise weiter. Die Zeitschriften lagen über den Spitzenüberwurf verstreut.

Es war hier wärmer als im übrigen Teil der Wohnung, auf eine andere Art warm, und man hörte den kleinen gusseisernen Ofen bullern, der vor dem Kamin aufgestellt war.

»Bist du mir böse?«

»Warum?«

»Ich weiß nicht. Ich hätte das alles hier vielleicht nicht tun sollen. Schließlich wohne ich bei dir, nicht wahr?«

Sophie war verwirrt, denn obwohl Juliette, wie sie selbst betont hatte, in der Wohnung ihrer Enkelin untergebracht war, so war sie doch beim Betreten des Zimmers in eine andere, fremde Welt gekommen. Da sie früher kaum einen Fuß in diesen Raum gesetzt hatte, hätte sie auch nicht sagen können, was sich vorher darin befunden hatte.

Jedenfalls war nichts mehr davon da. Die Kirschbaumkommode, die Sophie in der Rue de Jouy durch den Türspalt gesehen hatte, stand jetzt frisch poliert vor dem Fenster und darauf eine blaue Vase aus Sophies Haushalt mit einigen Margeriten darin.

Ob Louise diese Vase gebracht und die Blumen gekauft hatte?

Der Bilderrahmen, der im Abbruchhaus eine Fotografie enthalten hatte, war nicht mehr da. Es gab überhaupt nirgends Fotos. Einzelne Gegenstände, wie zum Beispiel der ungewöhnlich geformte Aschenbecher aus Kupfer, eine runde, vergilbte Elfenbeindose, eine irisierende Muschel, gerahmte Stiche aus dem achtzehnten Jahrhundert zeugten davon, dass die Frau, die hier lebte, eine Vergangenheit hatte und sich durchaus nicht von der Welt losgesagt hatte.

Das auffallendste Möbelstück war – nahe beim Ofen – ein abgenutzter Voltaire-Sessel aus poliertem Holz, der nicht mehr mit dunklem Leder, sondern mit einem geblümten Cretonnestoff bezogen war. Ein Mahagonitischchen stand daneben, und auf dem Ofen pfiff ein Teekocher.

Alles wirkte sauber, friedlich und beschaulich wie in einem Kloster. Der kleine bunte Flickenteppich vor dem Bett verlieh der Einrichtung eine altmodische, provinzielle Note.

Man konnte es kaum glauben, dass die bunt zusammengewürfelten Gegenstände, die Pilou auf seinem kohlegeschwärzten Handkarren hertransportiert hatte, nun dieses harmonische und würdevolle Ganze bildeten, und Sophie ertappte sich dabei, dass sie nach den berühmten Vorratskisten Ausschau hielt, die sie hinter dem Baumwollvorhang vermutete, der in einer Ecke des Zimmers an einer Stange befestigt worden war.

»Das ist alles, was mir nach so vielen Jahren noch geblieben ist, verstehst du?«

Sophie verstand, war aber dennoch verstimmt. Vielleicht gerade, weil sie allzu gut verstand. Die Sache war gewichtiger, als die Alte mit ihrer einschmeichelnden Kinderstimme sie glauben lassen wollte, und Juliette wusste auch ganz genau, dass sie die junge Frau nicht täuschen konnte.

Schon vom ersten Moment an, als sie sich in der Rue de Jouy durch die Tür unterhielten, war Berechnung im Spiel gewesen. Schon da war Juliette fest entschlossen gewesen, nur dann an den Quai de Bourbon zu ziehen, wenn sie sich dort ihr eigenes Eckchen, wie sie es nannte, einrichten, wenn sie ihre vertraute Umgebung, ihren Lebensstil beibehalten konnte.

Und ausgerechnet Sophie, die morgens nie mit einem Mann neben sich im Bett hatte aufwachen wollen, und sei es ihr Ehemann, beherbergte nun eine alte Frau, die mit allen Mitteln darum kämpfte, ihre eigene Persönlichkeit zu behalten.

Und war nicht Louise, die am ersten Tag noch wie ein Hofhund geknurrt hatte, schon dabei, auf die Ge-

genseite überzuwechseln? Die Alte hatte an diesem Morgen keinen Fuß vor die Tür gesetzt. Die frischen Blumen waren aber nicht von alleine in dieses Zimmer gekommen, auch nicht der Eimer Kohlen. Für Sophie hatte das Dienstmädchen nie Blumen mitgebracht.

Der Voltaire-Sessel vor dem Ofen sah trotz des neuen Bezugs mit Blumenmuster nicht wie ein Damensessel aus. Ein Mann hatte jahrelang darin gesessen, einen Liter Rotwein in Reichweite: der Clochard mit dem dichten grauen Bart.

»Ich glaube, ich wäre wohl besser aufgestanden …«

Sie dachte natürlich nicht im Traum daran. Hinter allem, was sie sagte, steckte ein Hintergedanke, den man erst aufdecken musste.

Sophie war sich ziemlich sicher, dass ihre Großmutter kerngesund war und dass sie nur das Bett hütete, um ihre Enkelin indirekt dazu zu zwingen, sie in dem berühmten Zimmer zu besuchen, damit sie die Viou-Atmosphäre – oder auch nur Juliettes Ausstrahlung – einatmete.

Sie hatte gewonnen. Sophie ärgerte sich, dass sie sich am Vorabend durch ein paar Vertraulichkeiten ihrer Großmutter so hatte ködern lassen.

Juliette war es gelungen, sie zum Reden zu bringen. Sie wollte sie nackt und wehrlos sehen, ausgeliefert, wie Lélia es war, als sie sie ins Badezimmer begleitete. Lélia hatte als Versuchskaninchen gedient. Lélia diente ihr überhaupt immer dazu, scheinbar harmlose Fragen aufzuwerfen, die dann aber immer tiefer gingen.

Sophie stand an der Tür und wirkte nach außen ganz gelassen. Sie brachte zwar kein Lächeln zustande, doch ihre Mimik verriet nichts von ihren wahren Empfindungen.

»Soll ich dir etwas zum Essen bringen lassen?«, fragte sie in einem sachlichen, höflichen Ton.

Worauf die Großmutter in aller Seelenruhe antwortete:

»Danke, ich habe schon gegessen.«

5

Um sieben hatte Louise der alten Frau das Abendessen auf einem Tablett gebracht und darauf bestanden, sie im Bett zu bedienen. Juliette hatte es geschehen lassen, weil sie wusste, dass das Dienstmädchen ihr auf diese Weise für das gemeinsame Essen in der Küche danken wollte.

Louise wunderte sich nicht darüber, dass die Großmutter darauf bestand, die eigenen mitgebrachten Konserven zu essen, sie legte dies im Gegenteil als besonderes Feingefühl aus, das sie gut verstehen konnte: das Feingefühl der armen Leute, die niemandem etwas schuldig bleiben wollen.

An diesem Abend wurde eine Dose Bohnen mit Schweinefleisch geöffnet, und das Mädchen holte dazu eine Flasche Wein hinter dem Vorhang hervor.

Juliette stellte immer nur freundliche oder ganz allgemeine Fragen.

»Die beiden jungen Damen sind vermutlich ausgegangen?«

»Soweit ich weiß, sind sie zu diesem Maler gefahren, der sich auf dem Land, irgendwo bei Versailles, ein Anwesen gekauft hat.«

»Setzen Sie sich doch, Louise.«

Louise hätte sich nie auf dem Sessel niedergelassen, doch sie willigte ein, sich auf einen Stuhl neben dem Bett zu setzen, was dann eher so aussah, als würde sie Krankenwache halten.

»Ich mag mich täuschen, aber ich fürchte, dass Sophie nicht sehr glücklich ist …«

Mit diesen Worten streckte die Alte ihre Fühler aus.

»Ich habe ihr immer wieder gesagt, dass sie sich eine Menge Sorgen ersparen könnte, wenn sie – bildlich gesprochen – nicht jeden kranken Hund von der Straße auflesen würde.

In meinem Viertel wohnte früher ein Rentner, der alle streunenden Tiere bei sich aufnahm. Am Ende hatte er über vierzig Tiere, Hunde, Katzen und sogar einen Papagei, der schon fast keine Federn mehr hatte. Es war ein solcher Saustall, dass einem ganz schlecht wurde und niemand mehr zu ihm gehen wollte.

Von seiner Rente konnte er für seine Viecher gerade noch altbackenes Brot, Lunge und Knochen kaufen, und es wurde behauptet, er selber lebe auch von diesem Fraß. Als er dann gestorben ist, hat es zwei Tage lang niemand bemerkt. Schließlich wurde seine Tür aufgebrochen, und da fand man ihn halb aufgefressen auf seinem Bett.«

Juliette musterte sie mit ihren kleinen, eifrig hin und her wandernden Augen und aß dabei munter weiter.

»Natürlich kein Vergleich zu Mademoiselle. Aber die Wohnung bleibt nie lange leer. Vor dieser Lélia, über die ich nichts Schlechtes sagen will, die aber nicht gut beieinander ist und immer wieder grundlos in Tränen ausbricht, war eine junge Zigeunerin hier, die die Angewohnheit hatte, ständig barfuß zu gehen, was Mademoiselle im Übrigen von ihr übernommen hat. Aber die andere hatte immer schmutzige Füße, und während der ganzen drei Monate, die sie hier verbracht hat, hat sie kein einziges Mal gebadet …

Stundenlang saß sie auf dem Boden, nie in einem Sessel, hat kein Wort gesagt und nur den ganzen Tag Platten angehört, die mich ganz verrückt gemacht haben. Und sie hatte so etwas wie den bösen Blick.

Sie ist die Einzige, die nicht getrunken hat. Dafür hat sie getanzt, vor allem, wenn Freunde da waren, und nie sind so viele wie damals gekommen, in ganzen Horden haben sie das Haus gestürmt.

Sie hat in allen Schränken gekramt, um irgendwelche bunten Fetzen zu finden, auch wenn sie dafür Kleider zerreißen musste, und sich daraus merkwürdige Kostüme drapiert. Wenn sie keinen Stoff fand, hat sie einfach Papier genommen.

Dann wurde ihre verdammte Musik gespielt. Die anderen saßen im Kreis herum, haben in die Hände geklatscht und sie angefeuert, und sie ist herumgewirbelt wie eine Wilde, hat mit den Füßen gestampft, dass bei den Leuten unten die Lampe von der Decke fiel, und sich verrenkt wie vom Teufel besessen.

Der Schluss war immer derselbe: splitternackt hat sie sich mit verzerrtem Mund und verdrehten Augen am Boden gewälzt, bis sie nicht mehr konnte, und ich habe mich manchmal gefragt, ob sie nicht etwa Epileptikerin ist.«

»Haben sie sich gestritten?«

»Ich weiß nicht, wann und wie sie auseinandergegangen sind; zu Beginn des Sommers sind sie noch zusammen nach Saint-Tropez gefahren. Danach hat Mademoiselle in England an einer Flugschau teilgenommen, und von dort ist sie alleine zurückgekehrt.

Anfangs ist sie jedes Mal Feuer und Flamme, und ich würde glatt meine Stelle riskieren, wenn ich mir auch nur die Bemerkung erlauben würde, dass eine dieser Personen das Klo verstopft, weil sie alles Mögliche hineinwirft, oder dass sie Handtücher fürs Geschirr verwendet.

Eines Tages kommt es dann zum Streit, es wird geschrien, geheult und sich verziehen und umarmt, bis es Mademoiselle reicht und sie sie vor die Tür setzt.«

»Waren schon viele hier?«

»In den letzten fünf Jahren habe ich mindestens ein Dutzend erlebt. Einige sind monatelang geblieben, andere nur ein paar Tage. Eine Amerikanerin, die kein Wort Französisch konnte, hat es am längsten ausgehalten. Sie hat gemalt und dabei alles mit Farbe vollgeschmiert. Sie ließ Modelle herkommen, immer Männer, die dann nackt posierten, aber anders, als man hätte annehmen können, hat sich mit ihnen nie etwas abgespielt. Egal, um welche Uhrzeit sie aufgewacht ist, als Erstes hat sie immer Eier mit Speck verlangt, aber ich habe es ihr nie recht machen können.

Wegen einer anderen hätte Mademoiselle fast Ärger bekommen, ich glaube, dass ihr damals wirklich mulmig wurde. Das war eine siebzehnjährige Bretonin, die gerade erst ihr Dorf verlassen hatte, um einen Dienst anzutreten, und die bereits auf den Strich ging, am Boulevard Sébastopol. Sie hatte überhaupt noch nichts von der Welt gesehen, hatte von nichts eine Ahnung und sah sogar die einfachsten Gerichte, die ich hingestellt habe, misstrauisch an.

Sie traute sich nicht mehr aus dem Haus, weil einer von der Sittenpolizei ihr mit Gefängnis gedroht hatte, wenn er sie noch einmal auf dem Gehsteig erwischen würde. Ich bin Groschenhefte und Zeitschriften mit Lebensberichten von Schauspielerinnen für sie einkaufen gegangen und habe sie oft weinen sehen, wenn sie das las.

Eines Morgens ist nicht etwa die Polizei hier aufgetaucht, sondern ihre Mutter, eine resolute Frau mit so einer platten Nase. Die hat hier dermaßen herumgeschrien und gedroht, dass ich schon befürchtet habe, die ganze Nachbarschaft würde zusammenlaufen. Mademoiselle hat ihr schließlich Geld gegeben, danach ist sie mit ihrer Tochter abgezogen.

Ich habe die Tür einen Spalt geöffnet und beobachtet, wie sie auf dem Treppenabsatz unten stehen blieb und das Geld nachzählte ...«

»Möchten Sie vielleicht ein Glas Wein mit mir trinken, Louise?«

»Im Augenblick nicht, aber vielleicht später, wenn

ich das Geschirr gespült habe. Natürlich nur, wenn Sie dann noch nicht schlafen.«

»Sie wissen doch, dass ich kaum schlafe!«

Louise konnte ihr wegen dieser Lüge nicht böse sein. Sie schlief Wand an Wand mit ihr und hörte ihre Nachbarin immer schnarchen. Sie war dazu erzogen worden, alten Leuten Achtung entgegenzubringen, vor allem solchen wie Juliette Viou, die allerlei durchgemacht und dennoch ihre Würde nicht verloren hatte.

In ihrem tiefsten Inneren glaubte sie vielleicht nicht allzu sehr an diese Würde, denn schließlich war auch sie eine Frau und erkannte die Winkelzüge der Alten. Trotzdem machte es ihr Freude, diese Großmutter zu verwöhnen, die von einem reichen und ein wenig verrückten Mädchen in einer Dienstbotenkammer einquartiert worden war und sich nicht etwa darüber beklagte, sondern sich überaus diskret und zuvorkommend gegenüber dem Dienstmädchen verhielt.

Später saßen sie in der ruhigen und warmen Kammer wieder beisammen, wo schon bald das Wasser im Kessel zu sieden anfing. Der Deckel zitterte, und aus dem gekrümmten Schnabel zog ein Dampfstrahl ab. Auf Juliettes Bitte bereitete das Dienstmädchen zwei Schalen Glühwein.

Sie hörten schweigend Radio und hatten es gemütlich. Schließlich ergriff Louise die beiden leeren Schalen.

»Ich muss jetzt schlafen gehen. Soll ich nicht Ihr Bett ein wenig aufschütteln?«

Als Juliette später aus dem Schlaf schreckte, herrschte ringsum völlige Dunkelheit. Sie hörte Türenknallen und Musik. Rhythmisches Getrampel ließ den Fußboden erzittern, als tanzte hier eine ganze Hochzeitsgesellschaft.

Sie schaltete die Nachttischlampe an und sah auf den Wecker. Fast schon halb fünf.

In der Küche redeten Frauen und Männer laut durcheinander. Der Kühlschrank wurde ein paarmal geöffnet und zugeknallt. Aus dem Wasserhahn rann Wasser, alles vor dem Hintergrund gellender Musik und polternder Tanzschritte aus dem Atelierzimmer.

Lautlos erhob sich die alte Frau, zog Morgenrock und Pantoffeln an, löschte das Licht wieder, bevor sie auf den Flur hinaushuschte.

Alles hatte mit der Einweihungsparty bei dem Maler angefangen, der draußen im Chevreuse-Tal wohnte. Zu einem bestimmten Zeitpunkt des Abends, etwa gegen acht Uhr, waren dort mehr als hundertfünfzig Leute versammelt gewesen, darunter viele Schauspieler, die am Abend noch Vorstellung hatten und daher als Erste wieder aufbrachen.

Zu Beginn wurden Whisky, Champagner und Häppchen gereicht wie bei großen Empfängen, aber schon gegen neun Uhr war jemand mit einer Salami und einer Flasche Chianti aus der Küche aufgetaucht.

Kurz darauf waren fast alle bei dem italienischen Rotwein gelandet, von dem im Haus reichlich vorrätig war.

Die Gäste, die teils in Tageskleidung und teils in

Abendgarderobe gekommen waren, hockten jetzt auf dem Boden und aßen Wurst, mit und ohne Brot. Sieben oder acht Personen hatten es sich auf dem Bett des Malers bequem gemacht, wo eine Frau, die niemand kannte, Hüftgürtel und Büstenhalter abgelegt hatte, weil ihr schon schlecht war.

Sophie hielt sich an den Whisky, sie trank verhältnismäßig wenig und saß meist allein in einer Ecke, von wo sie mit finsterem Blick das Treiben verfolgte.

»Langweilst du dich?«, fragte Lélia, die sich zu ihr gesellte.

»Ich schaue einfach zu.«

»Denkst du an deine Großmutter?«

Sie antwortete nur mit einem harten Blick.

»Fährst du mich nicht ins Patate?«

»Es wird sich bestimmt jemand finden, der dich mitnimmt.«

In dem allgemeinen Durcheinander sah sie Lélia später nicht mehr und schloss daraus, dass sie mit irgendjemandem mitgefahren war. Einige Paare tanzten. Mehrere Gläser waren zerbrochen. Plötzlich zog Brandgeruch auf, der eine kleine Panik auslöste, bis ein Starlet einen Vorhang herunterriss, der schon Feuer gefangen hatte.

Die meisten Gäste waren auf die eine oder andere Weise prominent, es gab auch ein paar Journalisten und Fernsehleute darunter.

Unterdessen hatte sich die Gesellschaft erst auf dreißig, dann auf nur noch zwanzig Personen verringert, die mit Ausnahme von zwei Pärchen, die sich zurückgezogen hatten, jetzt nicht mehr über das ganze Haus verstreut waren, sondern alle im Atelier zusammensaßen.

Es kam der Punkt, wo man sich fragend ansah und überlegte, was man sonst noch unternehmen könnte.

Jemand nannte eine neue Tanzbar am linken Seine-Ufer, aber eine Stimme protestierte:

»Da ist es jetzt zu voll, wir werden nicht alle Platz finden.«

Es wurden auch noch andere Vorschläge gemacht, doch gegen jeden kamen Einwände.

»Und wenn wir einfach bei Marcelle einfallen?«

Marcelle war die Geliebte eines Politikers und hatte in Passy eine Wohnung, in der sie auch nach Jahren erst zwei Zimmer eingerichtet hatte. Dort gab es mit Sicherheit etwas zu trinken, und Marcelle war immer zum Feiern aufgelegt, auch wenn man sie nachts um drei aus dem Bett holte. Sie wurde noch nicht einmal böse, wenn man ihr alles kaputt machte oder verschmutzte oder wenn die Fete zwei Tage und zwei Nächte dauerte, und bei der Gelegenheit erinnerte man sich an eine inzwischen berühmt gewordene Feier, die erst nach einer Woche zu Ende gewesen war.

»Marcelle ist gestern nach London geflogen.«

Das hieß, dass ihr Freund im Auftrag der Regierung dort zu tun hatte.

In diesem Moment hatte Sophie die Hand gehoben, nicht ohne den Hintergedanken, dass sie auf diese Weise ihre Großmutter ärgern konnte.

»Warum gehen wir nicht zu mir?«

Sie hatte noch mindestens eine Kiste Whisky zu Hause, genug Wodka und Wermut für Cocktails und wahrscheinlich auch einige Flaschen Champagner.

»Wer ist dafür?«

»Es sind alle dafür!«

»Haben wir genügend Wagen für alle?«

»Ist jemand hier, der den Weg nicht kennt?«

»Ich.«

»Du fährst einfach hinter mir her.«

Die ersten drei Autos kamen gleichzeitig am Quai de Bourbon an. Der Lärm der zuknallenden Wagentüren drang durch die lautlose Nacht, und die Stimmen hallten wie in einer Grotte.

Zehn Minuten später fuhr noch ein Wagen mit quietschenden Bremsen vor. Die Insassen klingelten zuerst im falschen Stockwerk und weckten das englische Ehepaar auf, das dort wohnte, dann begannen sie auf dem Treppenabsatz laut zu streiten und hätten sich fast geprügelt.

Im fünften Stockwerk herrschte inzwischen die entsprechende Stimmung. Der Plattenspieler lief auf vollen Touren, mindestens vier Frauen hatten schon Schuhe und Strümpfe ausgezogen, um besser tanzen zu können, und ein kleiner Dicker, Gesellschaftsreporter bei einer Morgenzeitung, hielt mit einem Kameraden die Küche besetzt, wo er sogenannte »Dynamit-Cocktails« mixte.

Im Flur lagen Nerzmäntel auf dem Boden herum,

jemand hatte sich im Bad eingeschlossen, und das Schlafzimmer diente als Verlängerung des großen Raumes.

Sophie trank auch hier gerade so viel, dass sie sich noch aufrecht halten konnte, und blickte weiterhin so teilnahmslos wie zuvor in der Wohnung des Malers.

»Wo ist denn Lélia?«

»Sie musste zu ihrem Auftritt ins Patate. Sicher kommt sie bald.«

»Sollten wir nicht dort anrufen?«

Bevor man dazu kam, eine Frage zu beantworten, wurde man schon von anderer Seite beschlagnahmt. Eine Bankierstochter, die zum Film wollte und endlich die Einwilligung ihrer Eltern hatte, war am ausgelassensten. Die molligen Rundungen der kaum Achtzehnjährigen verrieten, dass sie zwar schon erwachsen, aber doch noch nicht ganz Frau war.

»Sie sagen, Lélia sei schon vor einer Viertelstunde mit dem Taxi abgefahren.«

Niemand hatte sie hereinkommen sehen. Sie musste mit ihrem eigenen Schlüssel aufgemacht haben.

Juliette horchte vom Dienstbotenflur aus. Sie legte das Ohr an die Wand, und ab und zu beugte sie sich vor, um durchs Schlüsselloch zu spähen, wobei sie gleichzeitig Louises Tür im Auge behielt, hinter der jeden Moment das Licht angehen konnte.

Zweimal wich sie ein paar Schritte zurück, als Sophie die Küche durchquerte und aussah, als wollte sie schnurstracks durch die Tür auf sie zugehen. Die Alte war sich nämlich fast sicher, dass die junge Frau sie dahinter vermutete.

»Tanzt du uns etwas vor, Lélia?«

Man hatte sie schließlich doch bemerkt. Alles vollzog sich mit wohlbekannter Routine, und jeder Einzelne hatte dabei seine bestimmte Rolle zu spielen.

»Im Trikot! Im Trikot!«

Gehorsam ging Lélia, um ihr schwarzes Balletttrikot anzuziehen, aber sie machte sich keine Illusionen. Bis sie zurückkam, hatte man ihren Tanz wahrscheinlich schon wieder vergessen.

»Sag mal, Sophie …«

»Was ist?«

»Findest du nicht auch, dass man bei dir verhungert?«

Seit den Häppchen und der Salami bei dem Maler hatte es nichts mehr zu essen gegeben.

»Wie wär's mit einer ordentlichen Runde Spaghetti?«

»Au ja!«

Fünf Personen stürzten in die Küche, kramten in Schränken und Schubladen, aber alles, was sie fanden, war eine halb leere Packung Spaghetti.

Daraufhin erbat sich Sophie Ruhe und fragte mit zitternden Mundwinkeln:

»Was haltet ihr von einem etwas speziellen Überraschungsmenü?«

Einige schrien begeistert ja, andere wollten erst Genaueres hören.

»Es gibt hier in der Wohnung eine Kiste voller Konserven. Ich weiß aber nicht genau, was da drin ist. Ich bringe sie her, und jeder kann sich etwas aussuchen. Einverstanden?«

»Nein! Jeder muss mit geschlossenen Augen hineinfassen und das essen, was er in die Hand bekommt.«

Genau wie in der Rue de Jouy waren die beiden Frauen nur durch eine Tür getrennt, diesmal jedoch mit vertauschten Rollen. Diesmal stand die Alte draußen, hörte zu und wurde blass, während Sophie Spielführerin war und ihre Bedingungen bekanntgab.

Sie begegnete dem besorgten Blick von Lélia, vermeinte aus ihm Missbilligung, ja, eine inständige Bitte herauszulesen, doch jetzt war sie schon so weit vorgeprescht, dass es kein Zurück mehr gab.

Schließlich war sie immer noch in ihrer eigenen Wohnung, oder etwa nicht? Wenn es Lélia, die in ihrem schwarzen Trikot schmächtiger und verletzlicher wirkte denn je, nicht passte, so konnte sie ja gehen.

»Wo ist die Kiste?«

»Ich gehe sie holen.«

»Sophie!«, versuchte Lélia sie zu bremsen.

»Du sei still!«

Der Journalist folgte ihr.

»Ich helfe dir beim Tragen.«

»Nein. Ich gehe allein.«

Sie hatte absichtlich laut gesprochen. Auf diese Weise war die Alte gewarnt. Juliette machte übrigens gute Miene zum bösen Spiel. Anstatt in ihr Bett zurückzukehren und sich schlafend zu stellen, knipste sie im Flur das Licht an und erwartete ihre Enkelin aufrecht vor der Tür.

»Hinter dem Vorhang«, sagte sie mit leicht belegter Stimme.

Und sie fügte hinzu:

»Ich glaube nicht, dass du sie allein tragen kannst. Sie ist sehr schwer.«

»Dann kann ich sie ja ziehen.«

Sie war stärker, als ihre Großmutter angenommen hatte, denn es gelang ihr, die Kiste hochzuheben.

»Willst du nicht auch die Flaschen? In der anderen Kiste sind noch welche.«

»Danke.«

Der Spaß dauerte nur ein paar Minuten. Einer nach dem anderen machte die Augen zu und angelte mit der Hand in der offenen Kiste, zog eine Dose Sardinen, Thunfisch, Spargel, Erbsen oder Makrelen in Weißwein heraus. Es gab mehr Makrelen als sonst etwas, acht oder zehn Dosen einer billigen Sorte, wie sie kleine Lebensmittelhändler im Sonderangebot feilhalten.

Dann wurde der Dosenöffner geholt. Manche verloren schon bald die Lust. Diejenigen, die mit den Fingern aßen, wischten sich nachher die Hände an den Vorhängen ab, und eine Sardine lag ziemlich lange mitten auf dem Teppich, bis Lélia sie schließlich aufhob und in den Mülleimer warf.

Als jemand sich schließlich an die erbetene Tanzvorführung erinnerte, und sich alles im Kreis um sie setzte, stahl ihr die rundliche Bankierstochter, die am betrunkensten von allen war, die Schau, indem sie gleichzeitig tanzte und dabei das Kleid bis zur Taille hob.

Sophie hatte sich in ihre Ecke zurückgezogen und trank. Sie war entschlossen, alle vor die Tür zu setzen, wenn das noch lange so weiterging. Sie war die Einzige, die alles wahrnahm und genau registrierte, welche Paare sich jeweils in ihr Schlafzimmer zurückzogen.

Sie sah, wie Lélia die Tür zu diesem Zimmer öffnete, um sich umzuziehen, und dann erschrocken zurückwich, weil sich da drinnen ein Pärchen liebte, ohne sich im Geringsten durch sie stören zu lassen.

Manche gingen weg, ohne sich auch nur zu verabschieden. Die Wasserspülung lief pausenlos. Der Klatschkolumnist mixte in der Küche beharrlich immer neue Cocktails, die kein Mensch trank und die auf allen Möbeln herumstanden.

Durch die große Glasfront sah man, wie draußen hinter den Fenstern der Häuser immer mehr Lichter angingen, die allerdings weniger hell wirkten als die Straßenlaternen, die den Verlauf der Straßenzüge nachzeichneten. Die ersten Cafés wurden geöffnet, auf den noch verankerten Schleppkähnen bewegten sich Schatten. Die anfangs nur vereinzelt fahrenden Busse und Autos bildeten auf dem gegenüberliegenden Ufer schon bald eine lange Schlange.

Es waren nur noch fünf, dann nur noch drei Personen da.

»Was machen wir mit Francine?«

Die Schlafzimmertür stand sperrangelweit offen, und die junge Frau lag schlafend auf Sophies Bett, ihre Schenkel waren entblößt, und von einer ihrer rosigen

126

Brüste war das Unterkleid herabgeglitten. Ihr Partner war nicht mehr da, auch das andere Paar nicht, das von dem Zimmer Gebrauch gemacht hatte.

»Francine!«

»Was ist los?«

»Es ist Zeit zu gehen.«

»Wohin gehen wir denn?«

»Wir bringen dich nach Hause.«

Sie setzte sich auf und stellte erstaunt fest, dass sie sich in einem Bett befand und drei Personen sie ansahen.

»Na gut, ich komme! Aber gebt mir wenigstens mein Kleid.«

Lélia half ihr beim Anziehen und holte ein feuchtes Handtuch, um sie ein wenig zu erfrischen.

Sophie begleitete das letzte Grüppchen zur Tür und schloss hinter ihnen ab. Als sie wieder ins Atelierzimmer zurückkehrte, sah sie dort Louise, die gerade aufgestanden war, um sich an die Arbeit zu machen. Sie sagte keinen Ton.

Sophie zuckte mit den Achseln und nahm eine Flasche mit in ihr Zimmer. Lélia konnte jetzt endlich ihr schweißnasses Trikot auszuziehen. Nachdem sie die Tür zugeschlossen hatte, direkt vor der Nase des Dienstmädchens, wie um sich an ihr zu rächen, begann auch Sophie, sich auszuziehen.

»Möchtest du einen Schluck?«

»Danke. Ich bin zu müde.«

Sophie hingegen trank noch einen, blickte ihrer Freundin ins Gesicht und meinte dann:

»Du brauchst gar nichts zu sagen.«

»Will ich doch gar nicht.«

Mit jeder anderen Frau wäre es jetzt zu einem Streit gekommen, in dessen Folge Sophie sich die unliebsame Kritikerin vermutlich vom Halse geschafft hätte. Doch Lélia bot keine Angriffsfläche. Einer aus Sophies Clique hatte ihre Freundin eines Tages, als er gerade einmal nicht betrunken war, die Ätherische genannt.

Durch einen schmalen Spalt zwischen den Vorhängen sickerte trübweißes Licht herein, das sich bald in silbrigen Schein verwandelte.

Für die meisten Menschen begann jetzt der Arbeitstag.

»Natürlich haben sich diese Schweine mein Bett ausgesucht!«

»Möchtest du in meines?«

»Leg dich hin und lass mich in Ruhe.«

Louise, die gewissenhaft wie schon oft die Spuren der Nacht beseitigte, horchte von Zeit zu Zeit an der Tür der alten Frau. Erst um neun Uhr glaubte sie, ein merkwürdiges Gemurmel zu vernehmen.

Sie öffnete vorsichtig die Tür und sah die Großmutter weinend in ihrem Bett sitzen.

Bis um fünf Uhr regte sich nichts im Schlafzimmer. Dann kam Lélia auf Zehenspitzen heraus, Wäsche und Kleider über dem Arm, die Schuhe in der Hand, und ging ins Bad. Sie sollte um sechs Uhr in einem Varieté vorsingen.

Sie wünschte sich schon lange dort ein Engagement, und jetzt war sie entsetzt, dass sie sich in einer so schlechten Verfassung vorstellen musste.

Als sie in der Badewanne saß, klopfte Louise und trat ein.

»Soll ich Ihnen etwas zu essen machen, Mademoiselle Lélia? Sie dürfen nicht mit leerem Magen weggehen.«

»Ich habe keinen Hunger.«

»Ich könnte Ihnen zwei Eier in gezuckerte Milch schlagen.«

»Von der Milch wird mir schlecht.«

»Dann schlage ich sie in Portwein, wenn noch welcher übrig ist.«

Die Wohnung hatte wieder das gewohnte Aussehen, mit Ausnahme einiger weniger feuchter Spuren auf Teppich, Sesseln und Vorhängen, wo das Dienstmädchen versucht hatte, die Flecken zu entfernen.

»Wie ist das Wetter?«

»Es ist schön, aber sehr kalt. Den ganzen Tag über hat die Sonne geschienen.«

»Ist meine Stimme denn nicht zu heiser?«

»In einer halben Stunde ist das vorbei.«

»Wissen Sie, Louise, ich habe mit der ganzen Sache nichts zu tun.«

»Ich weiß.«

»Wie geht es ihr?«

Sie brauchte nicht hinzuzufügen, dass sie von Juliette sprach.

»Ich habe getan, was ich konnte, um sie wieder ein

wenig auf die Beine zu bringen. Sie ist ja noch so aktiv und tatkräftig, dass man darüber ihr Alter ganz vergisst. Ich würde mich freuen, wenn ich mit achtzig noch so wäre wie sie.«

Lélia wollte schon aus der Wanne steigen, aber Louise meinte:

»Sie sollten eine kalte Dusche nehmen, das bringt Ihren Kreislauf wieder in Schwung. Danach fühlen Sie sich bestimmt frischer.«

Im Schlafzimmer blieb es noch mehr als eine Stunde lang dunkel und ruhig.

Als Sophie in ihrer eng anliegenden Hose und dem Pullover schließlich lautlos wie ein Schatten ins Atelierzimmer schlüpfte, brannte dort die rosa Lampe neben dem Diwan, und im nächtlichen Panorama von Paris waren alle leuchtenden Pünktchen am richtigen Fleck.

Sie ging nicht in die Küche, und so bekam Louise noch gar nicht mit, dass sie aufgestanden war. Erst als das Dienstmädchen die frisch polierten Metallaschenbecher hereintrug, sah sie Sophie bewegungslos im Halbdunkel sitzen und zuckte zusammen.

»Sie haben ja gar nicht geklingelt!«

»Ich brauchte auch nichts.«

»Mademoiselle Lélia ist schon weg. Ich habe ihr Eier in Portwein verquirlt, und das hat sie wohl wieder auf die Beine gebracht. Sie hatte schreckliches Lampenfieber wegen des Vorsingens.«

Sie hätte Sophie wahrscheinlich dasselbe Mittel vorgeschlagen, wenn nicht schon eine Flasche in deren Reichweite gestanden hätte.

»Was möchten Sie essen?«

»Erst einmal gar nichts.«

»Sie werden doch hoffentlich nicht ausgehen?«

»Das weiß ich noch nicht.«

Louise blieb noch stehen, denn sie wusste, dass weitere Fragen kommen würden.

»Ist meine Großmutter weg?«

»Wo sollte sie denn hingehen, die arme Frau?«

»Liegt sie im Bett?«

»Nein, sie sitzt in ihrem Sessel.«

»Sag ihr, dass ich sie sprechen möchte.«

Louise brummelte vor sich hin, während sie die Küche durchquerte, fester überzeugt denn je, dass Herrschaften einem Menschenschlag angehörten, der ihr immer unverständlich bleiben würde.

Sophie hatte sich eine Zigarette angesteckt und wartete, den Blick starr auf die Tür gerichtet. Als sie die Zigarette zu Ende geraucht und eine neue angezündet hatte, wartete sie immer noch. Gerade wollte sie ungeduldig aufstehen, als die alte Frau endlich hereinkam. Sie blieb in der dunkelsten Ecke des Raumes stehen, sodass man nur schemenhaft ihre schwarz-weiße Gestalt erkennen konnte.

Sie trug nämlich das schwarze Kleid vom ersten Tag. Sie hatte es wohl gerade erst gebügelt, als ginge sie zu jemandem auf Besuch; auch ihre roten Pantoffeln trug sie nicht.

Sophie machte keine Bewegung. Sie sagte lediglich:

»Ich bitte dich um Entschuldigung, Juliette.«

Zum ersten Mal, seit sie das so vereinbart hatten, sprach sie ihre Großmutter mit Vornamen an, und sie hoffte, dass die Alte es bemerken würde.

»Ich hätte wahrscheinlich zu dir ins Zimmer kommen und es dir dort sagen sollen. Aber ich fand es besser, hier mit dir zu sprechen.«

Sie war ganz nüchtern und klar, frei von Emotionen. Sie hatte sich in der vorangegangenen Nacht falsch verhalten. Sie war unnötig grausam gewesen, und es war ihr wichtig, dies einzugestehen. Das war alles.

Während sie sprach, trat die alte Frau einige Schritte vor und stand jetzt im vollen Licht. Sophie bemerkte überrascht, dass sie getrunken hatte.

Ihre sonst weißen, höchstens ein wenig rosig schimmernden Wangen glühten, die Lider waren rot unterlaufen, ihre Augen hatten einen verräterischen Glanz, und ihr Gang wirkte unentschlossen, irgendwie schwebend, als bewegte sie sich in einem luftleeren Raum.

»Kann ich mich setzen?«

Auch ihre Stimme war zögerlich. Mit dem Taschentuch, das sie in der Hand hielt, betupfte sie sich die Nase, bevor sie zu sprechen anfing.

»Du brauchst dich nicht bei mir zu entschuldigen. Ich habe keinen Augenblick vergessen, dass ich bei dir bin, in deinem Zuhause. Verstehst du? Du bist hier zu Hause, während ich mich selbst in dem, was du ›mein‹ Zimmer nennst, nicht zu Hause fühle …«

Sie wiederholte einzelne Wörter und Satzteile in dem Bemühen, auch wirklich alles zu sagen, was sie sagen wollte. Wahrscheinlich hatte sie den ganzen Tag darüber nachgedacht und sich für diese Szene mit Rotwein Mut angetrunken.

»Ich bin daran gewöhnt. Mach dir also meinetwegen keine Sorgen. Daran gewöhnt, bei anderen zu sein, wollte ich sagen. Ein eigenes Zuhause habe ich im Grunde nur während anderthalb Jahren in meinem Leben gehabt, nämlich nach dem Tod von Adrien. Davor war ich auch nicht bei mir zu Hause, sondern bei ihm. Und davor, am Boulevard Saint-Germain, habe ich ebenfalls nicht bei mir gelebt, sondern bei meiner Tochter und meinem Schwiegersohn. Ich gehörte sogar nicht einmal richtig zur Familie, sondern wurde irgendwo zwischen dem Hund und den Dienstboten eingestuft.«

Sie lächelte mit Bitterkeit, aber auch schalkhaft, denn im Grunde gefiel sie sich in ihrer Rolle.

»Kannst du dich an Dick, den Dackel, erinnern? Sogar er hat mich immer wie eine Fremde beschnuppert, wenn ich ins Esszimmer oder in den Salon kam.«

»*Musst* du jetzt über all diese Dinge reden?«

»Lass nur! Du hast mich durch dein Dienstmädchen rufen lassen, und ich bin gekommen. Das ist in Ordnung so. Du bist hier zu Hause, wie ich schon gesagt habe. Seit heute Morgen warte ich darauf, mit dir reden zu können, und das werde ich jetzt auch tun, selbst wenn du mich anschließend vor die Tür setzt.«

»Es ist keine Rede davon, dass ich dich vor die Tür setze.«

»Trotzdem wäre es wohl das Beste, denn weißt du, mit uns beiden kann das niemals gutgehen. Wir verstehen einander zu genau. Bei deiner Mutter konnte ich acht Jahre wohnen, weil deine Mutter und ich uns immer fremd geblieben sind.

Schon kurz nach ihrer Geburt habe ich gemerkt, dass es zwischen uns keine Gemeinsamkeiten gibt. Man stellt sich immer vor, dass eine Mutter ihre Kinder ganz selbstverständlich liebt. Das wird immer behauptet, und man tut dann auch so. Das ist ja auch zu praktisch, nicht wahr? Nur stimmt es eben nicht.«

»Hör zu, Großmama ...«

»Siehst du! Jetzt nennst du mich auch schon nicht mehr Juliette, obwohl ich noch nicht einmal ein Zehntel der Wahrheit gesagt habe. Du hast Angst vor der Wahrheit, aber im Grunde weißt du, dass ich recht habe. Auch deine Mutter hat dich nicht geliebt. Sie hat ›die Zwillinge‹ geliebt, nicht dich. Du warst nur die eine Hälfte der Zwillinge und, aus ihrer Sicht, die schlechtere.«

Es hatte keinen Sinn, ihr zu widersprechen, sie zu bremsen. Sie würde weiterreden, bis zum Schluss, zumindest sofern sie nicht den Faden der Rede verlor, die sie vorbereitet hatte und bei der man vorerst noch nicht erkennen konnte, wo die Aufrichtigkeit aufhörte und die Durchtriebenheit anfing.

Was aber jetzt schon feststand, war, dass sie nicht von

hier weggehen würde. Sonst hätte sie ja die Zeit ausnützen können, in der Sophie geschlafen hatte. Um ihre Sachen abzutransportieren, hätte sie Pilou rufen und dann die Wohnung verlassen können.

Jetzt war sie dabei, ihre Stellung zu festigen, auch wenn sie Dinge sagte, die nicht erfunden waren, und dabei mitunter aufrichtig, wenn nicht sogar rührend klang.

»Wo war ich stehengeblieben? Ich habe vom Boulevard Saint-Germain gesprochen. Solange ihr klein wart, war ich gut genug, um auf euch aufzupassen, wenn die Dienstboten beschäftigt waren. Und als ich später nutzlos wurde, hat man mich trotzdem dabehalten, denn was hätten die Leute sonst gesagt?

Auch als ich mit Prédicant, deinem Großvater, an den du dich nicht mehr erinnern wirst, am Boulevard Raspail lebte, war das nicht mein Zuhause. Ich war seine Frau. Mit anderen Worten, ich gehörte zu ihm, war Teil seines Eigentums, ein wenig so wie seine Druckerei. Das führte so weit, dass er mich nicht hat gehen lassen, als ich wegwollte.«

»Wolltest du ihn verlassen?«

»Um ihn zu verlassen, wie du sagst, hätte ich ja erst einmal mit ihm zusammen sein müssen. Darf ich aus deinem Glas trinken?«

Dann fuhr sie fort:

»Du hast nicht geheiratet, und ich darf mir kein Urteil darüber erlauben, ob das richtig ist oder nicht. Das ist deine Sache. Wir sind alle gleich, das ist sicher wahr, aber wir sind auch alle verschieden. Ich habe dreimal geheiratet, zweimal denselben Mann, und ich habe meine eigenen vier Wände erst gehabt, als ich schon eine gebrechliche alte Frau war. Und dann hat man mich auch noch von dort vertrieben, wollte mich in die Anstalt stecken oder mich zwingen, als Stadtstreicherin am Seine-Ufer zu leben. Das wäre mir immer noch lieber gewesen als die Anstalt. Ich habe mir das schon überlegt ...«

Sie blickte auf das Glas, auf die Flasche.

»Sophie!«

»Ja?«

»Bist du mir böse, wenn ich mir etwas Wein aus meinem Zimmer hole?«

»Louise kann dir doch welchen bringen.«

»Ich möchte lieber selbst gehen. Aber du musst auf mich warten. Versprichst du mir das?«

Sie entfernte sich, immer noch leicht schwankend, und blieb länger weg als nötig. Als sie zurückkam, ging sie wieder aufrecht und stellte ihre Weinflasche und das Glas neben den Whisky.

Sophies Glas war leer.

»Soll ich dir einschenken?«

Die junge Frau ließ es geschehen.

»Ich wollte dir mein Leben erzählen, damit du es kennst, damit wenigstens einer es kennt. Schon gestern hatte ich im Bett angefangen, mir Notizen auf kleinen Zetteln zu machen. Ich möchte gern alles erzählen, vor allem das, was man gewöhnlich verschweigt, auch wenn du mich dann verabscheust.

Hör gut zu, Sophie! Du magst für dein Alter schon viel erlebt haben, aber ich doch wohl noch mehr.

Warte! Jetzt habe ich den Faden verloren. Ich müsste anders anfangen, mit Moulins. Eines Tages werde ich das tun. Irgendwann muss das einmal heraus. Heute habe ich ein wenig Wein getrunken. Als ich vorhin hereinkam, hast du gedacht, ich wäre betrunken.

Aber ich weiß genau, was ich sage, und ich sage dir das hier: Wir sind beide Frauen. Du kannst machen, was du willst, du bist eine Frau, und ich ebenfalls. Eine Frau eben ... Schau dir zum Beispiel deine Freundin Lélia an! Oder denk an die von gestern Abend ...

Eine Frau ist nie ein vollständiges Wesen. Ein vollständiges Wesen, das ist genau der Ausdruck, nach dem ich gesucht habe! Sie ist immer nur Teil von etwas, von etwas, das es vielleicht nicht gibt. Verstehst du? Du wirst später daran denken, wenn ich schon lange tot bin, und dann wirst du einsehen, dass ich recht gehabt habe.

Ein Teil von etwas, das es gar nicht gibt!«

Befriedigt trank sie einen Schluck und blickte herausfordernd um sich.

»Man versucht, sich irgendwo anzuhängen, du, ich, Lélia, alle versuchen, sich an irgendetwas anzuhängen, wie Teile eines Puzzles, ohne genau zu wissen, was einem noch fehlt ...«

Jetzt fing sie unerwartet plötzlich zu weinen an, vielleicht weil Sophie sie mit einem allzu nüchternen, fast gleichgültigen Blick fixierte. Sie wischte sich absichtlich nicht sofort die Tränen ab, damit man sie auch sehen konnte.

»Ich habe immer nach so etwas gesucht, mein ganzes Leben lang. Und da bist du gekommen …«

Sophie verhärtete sich immer mehr und konnte einen leicht angewiderten Gesichtsausdruck nicht verbergen. Sie hatte verstanden. Ihre Großmutter kam darauf zu sprechen, wie sie es sich vorgenommen hatte, wenn auch vielleicht etwas ungeschickt, wie eine schlechte Schauspielerin, die nicht mehr wusste, welches Mittel sie noch anwenden sollte, um sie zu erweichen.

»Und da bist du gekommen …«, wiederholte sie und suchte nach Worten.

»Ich weiß.«

»Was weißt du?«

»Was du jetzt sagen willst. Du hast geglaubt, dass du das Gesuchte endlich gefunden hast, dass du mit mir, bei mir …«

Die Pupillen der alten Frau wurden ganz klein und schwarz.

»Verachtest du mich?«, fragte sie schroff.

»Nein.«

»Verabscheust du mich?«

»Nein.«

»Du tolerierst mich einfach wie all die anderen, nicht wahr? Wie all die kranken Hunde, die du von der Straße aufliest. Nur, ich … ich … ich …«

Jetzt spielte sie nicht mehr. Etwas in ihr war zerbrochen, und sie ließ sich schluchzend in den Sessel fallen, aus dem sie sich gerade erst erhoben hatte.

»Ich kann nicht mehr!«, schrie sie.

6

Mit einer instinktiven Geste, und vielleicht auch um der peinlichen Szene möglichst schnell ein Ende zu machen, hatte Sophie der alten Frau über den Kopf gestrichen. Als sie dabei durch das schüttere Haar hindurch den rosigen Schädel sah, blank und endgültig wie ein Anatomiemodell, konnte sie ihre Rührung nicht mehr unterdrücken.

Juliette war sehr alt und weinte wie ein Kind, ohne ihr Gesicht zu verbergen, mit einer stummen, ergreifenden Frage in ihrem Blick.

Sehen einen Kinder nicht auch so an, als würden sie fragen, warum sie leiden müssen?

»Beruhige dich! Das wird schon wieder ...«

Sie wiederholte, scheinbar zusammenhanglos:

»Das wird schon wieder ... Das wird schon wieder ...«

Für die Alte nahm dies die Form eines Versprechens an, an das sie sich immer mehr klammerte.

»Ich hätte es nicht tun dürfen«, fuhr Sophie fort. »Ich weiß nicht, warum mich letzte Nacht plötzlich die Lust überkam, dich zu quälen.«

Man konnte geradezu sehen, wie die Schluchzer aus ihrer tiefsten Brust durch die Kehle emporstiegen und schließlich hervorbrachen. Um auf gleicher Höhe mit ihrer Großmutter zu sein, kniete sich Sophie auf den Teppich und legte ihren Arm um die knochigen Schultern, die sie zum ersten Mal berührte.

Sie hatte den mageren Hals, der sich bei jedem Schluchzer aufblies, noch nie so aus der Nähe gesehen, und in ihr Mitleid begann sich ein physischer Widerwille zu mischen.

»Es gibt einfach Tage, an denen ich gemein bin …«

Juliette wehrte kopfschüttelnd ab.

»Ich bin es!«, flüsterte sie.

Sie weinte noch immer, doch bereits in einem ruhigeren Rhythmus. Sie begann allmählich wieder Atem zu schöpfen.

Sophie fuhr weiter, obwohl sie wusste, dass es nicht gut war, so viel zu sprechen, doch sie konnte sich nicht zurückhalten:

»Es kam vielleicht vom Alkohol. Ich möchte mich bei dir entschuldigen.«

»Du brauchst mich … Du brauchst mich nicht um Entschuldigung zu bitten …«

Sie löste sich behutsam aus der Umarmung, und Sophie, die sich bewusst war, in welch lächerlicher Haltung sie sich befand, wagte nicht, diese sofort zu verändern.

»Ich bin es, die …«

Ein Schluchzer schnitt der Alten das Wort ab, und sie entschuldigte sich mit einem zur Grimasse verzogenen Lächeln.

»Ich habe versucht, dein Mitleid zu erregen ... Ich ...
ich wollte, dass du dich für mich interessierst ... Ich war
eifersüchtig ...«

Sophie ließ sich auf den Teppich neben den Sessel
gleiten, denn wäre sie aufgestanden, hätte es so gewirkt,
als wollte sie das Gespräch beenden.

»Nicht nur eifersüchtig auf Lélia, verstehst du? Eifersüchtig auf alle! ... Vielleicht sogar auf dich selbst ...
Ich wollte von dir bedauert und beschützt werden ...«

Sie war noch immer voller Kummer, begann aber
trotzdem schon, sich ein wenig über sich selbst lustig
zu machen.

»Wenn du wüsstest, wie müde ich bin, Sophie! All die
Jahre, in denen ich mich so bemüht habe ...«

Ihr Blick blieb an der verführerisch glänzenden Weinflasche hängen, aber sie wagte nicht, danach zu fragen
oder auch nur eine Bewegung zu machen. Diese Wind-
stille, diese Waffenruhe konnte, sie wussten es beide,
schon durch eine Nichtigkeit aufgehoben werden, und
keine von beiden fühlte sich dazu aufgelegt, den Kampf
von neuem zu beginnen.

Juliette lachte gezwungen und gestand:

»Ich weiß nicht einmal, warum ich mich bemüht
habe! Und doch habe ich mich Gott weiß wie veraus-
gabt. Ich hätte dir all diese Dinge nicht erzählen sollen.
Es wird nicht wieder vorkommen, ich versprech's! Du
wirst nicht einmal mehr merken, dass ich im Haus bin.
Ich habe dich für so stark gehalten! ... Denn du bist
doch stark, nicht wahr?«

Diese Worte, mitsamt der Betonung, mit der sie ausgesprochen wurden, sollten Sophie später wieder ins Gedächtnis kommen. Doch im Moment hätte sie nicht einmal sagen können, ob aus der Stimme und den bereits wieder trockenen und glänzenden Augen der alten Frau Ironie gesprochen hatte.

»Ich habe dich für so stark gehalten! … Denn du bist doch stark, nicht wahr?«

Trotz dieses angefügten *»nicht wahr?«* erwartete Juliette keine Antwort. Sie war tatsächlich müde. Ihre sonst so klaren Züge wirkten jetzt ganz verschwommen, das Gesicht sah aufgedunsen aus, und so, wie sie da im Sessel kauerte, erschien ihr Körper kleiner als gewöhnlich und unsäglich leicht.

»Ich werde dich ins Bett bringen.«

Sophie verstand den Blick ihrer Großmutter und goss ihr ein Glas Wein ein.

»Unter der Bedingung, dass du aufhörst, dich selbst zu quälen«, versuchte sie zu scherzen, »und dass du sofort ins Bett gehst und schläfst.«

Um sicherzugehen, dass nicht durch ein Wort oder eine ungeschickte Geste alles wieder von vorne losging, drückte sie auf den Klingelknopf, und Louise erschien mit einem vorwurfsvollen Gesicht an der Tür.

»Ist das Bett meiner Großmutter bereit?«

»Ich brauche es nur aufzuschlagen, Mademoiselle. Während sie hier war, habe ich das Zimmer gelüftet.«

»Komm.«

Wie schwierig und verfänglich das alles war. Zwar

hatten sie wieder Frieden geschlossen, doch es war ein vorläufiger und oberflächlicher Frieden. Beide hatten sie ihr Misstrauen und ihren Groll nur kurzzeitig unter eine dünne Schicht rührseliger Empfindungen gekehrt.

Sophie begleitete Juliette bis vor ihre Zimmertür, ging aber nicht mit hinein.

»Ich warte, bis du dich ausgezogen hast. Louise wird dir helfen. Wenn du dann im Bett liegst, komme ich noch einmal vorbei.«

»Du brauchst dir keine Mühe zu machen.«

Aber nachdem Louise ein Tablett mit ein wenig Suppe und Käse hineingebracht hatte, ging sie dennoch zu ihr.

»Gute Nacht.«

»Dir auch gute Nacht.«

Die Alte vermied es, sie wie an den anderen Abenden zu fragen, ob sie noch weggehen würde. Das ging sie nichts mehr an. Hatte sie schließlich nicht versprochen, sich nicht mehr einzumischen?

Im Atelierzimmer kaute Sophie gerade lustlos an einer Scheibe Schinken, als das Telefon klingelte. Es war ein Freund vom Vorabend.

»Hast du heute Morgen vielleicht ein Schlüsselbund gefunden?«

Sie ging Louise danach fragen.

»Nein, Pierre. Das Dienstmädchen hat nichts gefunden. Nur zwei Taschentücher und einen Handschuh.«

»Bist du arg müde?«

»Ein bisschen.«

»Wir fangen gerade wieder an. Ich weiß noch nicht genau, was wir machen werden. Kommst du auch her?«

Der Gedanke reizte sie. In der stillen Wohnung fühlte sie sich wie eingesperrt, und sie bewegte sich so träge wie …

Mit dem Hörer in der Hand beendete sie ihren Satz in Gedanken:

› … wie ein krankes Tier …‹

Kam ihr das in den Sinn, weil Juliette gerade eben über kranke Hunde gesprochen hatte?

»Nein, Pierre. Ich gehe schlafen. Nichts zu machen.«

»Schade. Na, dann schlaf gut.«

Sie versuchte, sich den Satz in Erinnerung zu rufen, den ihre Großmutter gesagt hatte, konnte sich aber nur sinngemäß daran erinnern:

»… *deine Manie, jeden kranken Hund aufzulesen …*«

Sie hatte nicht das Wort Manie gebraucht.

»… *dein Bedürfnis …*«

Das ging tiefer, offenbarte mehr. Die Alte wusste, dass Lélia nicht die Erste war. Sie hatte es verstanden, Louise die Würmer aus der Nase zu ziehen.

Einer ihrer letzten Sätze an diesem Abend war gewesen:

»… *denn du bist doch stark, nicht wahr?*«

Als Sophie diese beiden Aussprüche jetzt in einen Zusammenhang brachte, befiel sie Unbehagen. Sie war nun ziemlich sicher, dass die Anspielung auf ihre Stärke ironisch gemeint gewesen war. Wenn sie nämlich wirklich stark wäre, dann brauchte sie ja nicht jeden …

Trotzig warf sie ihr Haar nach hinten und ärgerte sich, dass ihre Gedanken in diese Richtung gelaufen waren, dass sie sich einer alten Frau ausgeliefert fühlte, die vorgab, ihr ihr Herz auszuschütten, sie dagegen in Wahrheit ständig belauerte.

Denn Juliette spionierte ihr nach, beobachtete sie ständig, um ihre schwachen Stellen zu entdecken, so wie sie es bereits in der Rue de Jouy durch die Tür gemacht hatte.

»Du kannst den Tisch abräumen, Louise.«

»Essen Sie keinen Nachtisch?«

»Nein, danke.«

Sie warf sich auf den Diwan, so wie sich ein Hund mit noch gesträubtem Fell in seine Hütte verkriecht.

»… *die kranken Hunde* …«

Doch trotz aller Wut musste sie lächeln. Es war verwirrend. Eben noch hatte sie Juliettes Szene als eine alberne Komödie, als eine wilde Anhäufung von Sätzen verstanden, mit denen ihr Mitleid geweckt werden sollte.

Jetzt, wo sie allein war und in sich hineinhorchte, um ihre Gedanken zu ordnen, tauchten aus dem Wust an Worten und dramatischen Gesichtsausdrücken einige vereinzelte Bilder auf, zwischen denen sie keinen Zusammenhang herstellen konnte, die aber ihre Neugier weckten.

Zum Beispiel das, was ihre Großmutter über »die Zwillinge« gesagt hatte, die Zwillinge, die in der Wahrnehmung ihrer Mutter nur zwei Teile eines Ganzen waren.

Hatte sie es nicht selbst schon ebenso empfunden, wenn auch nicht so deutlich, und dass sie die schlechtere Hälfte dieses Ganzen war?

Juliette gab zu, dass sie sich den Tod der eigenen Mutter gewünscht hatte, vor allem an jenem Abend, als sie ihren Vater aus der Kneipe holen musste. Auch Sophie war es schon so gegangen, mit noch nicht einmal zehn Jahren hatte sie sich sogar den Tod ihres Vaters und Adriennes gewünscht.

Sie wäre dann allein geblieben. In großer Trauer, ungebeugt, wie eine starke Persönlichkeit hätte sie die Familientrauer getragen, während auf der Straße die Leute stehen geblieben wären, um ihr nachzuschauen.

»Ich musste erst eine alte Frau werden und Adrien überleben, bis ich mein eigenes Eckchen bekam ...«

Eine Frage nach der anderen tauchte vor Sophie auf, ohne dass sie sie hätte beantworten können. Sie hatte geglaubt, die Alte zu kennen, hatte sie zwar für ein kompliziertes Wesen gehalten, aber sich auch eingebildet, ihren Gedanken folgen und ihre Reaktionen vorhersehen zu können.

Nachdem sie aber nun seit fast einer Woche unter einem Dach lebten, musste sie feststellen, dass ihre Großmutter besser über sie Bescheid wusste als umgekehrt sie über die alte Frau.

Sie hatte sie verabscheut. Sie hatte fast Mitleid bekommen mit ihr.

Jetzt aber war ihre Neugier stärker, und sie wollte nicht nur mehr über Juliette erfahren, sondern auch wissen, was Juliette über sie dachte.

Die alte Frau war ihr unheimlich, ein wenig so wie jene Zigeunerinnen, die einen auf der Straße anhalten und einem die Zukunft aus der Hand lesen, während man peinlich berührt zu lächeln versucht.

Aus der Küche war kein Geschirrklappern mehr zu hören. Man sah kein Licht mehr unter der Tür durchscheinen. Sophie blieb noch längere Zeit sitzen und rauchte Zigaretten, dabei dachte sie nicht ein einziges Mal ans Trinken. Schließlich stand sie auf und ging geräuschlos zum Dienstboteneingang, um an der Tür ihrer Großmutter zu horchen.

Sie konnte nichts hören. In Louises Zimmer brannte Licht, das Dienstmädchen zog sich offenbar gerade aus und hockte also doch nicht, wie Sophie vermutet hatte, vertraulich plaudernd in dem überheizten Zimmer neben dem bullernden Ofen mit der Alten zusammen.

Sophie fand ihr eigenes Vorgehen peinlich und demütigend. Sie weigerte sich, ebenfalls Eifersucht zu empfinden. Aber was hatte sie dann hier vor dieser Tür zu suchen?

Sie kehrte in ihr Zimmer zurück, zog sich aus und nahm zwei Schlaftabletten. Sie wollte einfach nur schlafen und nicht mehr über Juliette, auch nicht mehr über sich selbst nachdenken.

Ihre Großmutter hatte behauptet, dass sie sich ähnlich seien!

Als sie das Licht gelöscht hatte, musste sie noch einige Minuten gegen ihre Gedanken ankämpfen, die immer mehr verschwammen und sich schließlich auflösten.

Als Lélia sehr viel später nach Hause kam und ziemlich lange und lebhaft auf sie einredete, gab sie zwar irgendwelche Antworten und stellte sogar Fragen, doch beim Aufwachen konnte sie sich an nichts mehr erinnern.

Es war früh, gerade erst zehn Uhr morgens. Sie sah ihre schlafende Freundin an und dachte vollkommen gelassen, ohne die Empörung vom Vortag, an die »kranken Hunde«.

Heute brauchte sie nicht schon beim Aufstehen Alkohol. Sie wollte ein langes Bad nehmen und bestellte zuvor bei Louise in der Küche ihr Frühstück.

»Ist meine Großmutter aufgestanden?«

»Sie hat bereits ihr Zimmer aufgeräumt.«

Da Sophie die Stirn runzelte, fuhr Louise fort:

»Sie hat es schon am ersten Tag so gewollt. Wenn ich ihr zu helfen versuche, wird sie böse. Trotzdem glaube ich allmählich, dass sie weniger zäh ist, als man denkt. Heute Morgen wirkte sie auf mich jedenfalls wie eine gebrochene alte Dame.«

Sophie blieb eine halbe Stunde in dem lauwarmen Wasser im Bad und blätterte die Morgenzeitungen durch. Dann frühstückte sie im Atelierzimmer, wo die Sonne ebenso fahl und grell hereinschien wie am Vortag, als sie sie gar nicht beachtet hatte. Sie überlegte, ob sie sich nicht einfach wie schon öfter ins Auto setzen und eine Spritztour machen sollte.

Schließlich aber überwand sie sich und klopfte an der Tür der Alten.

»Komm herein.«

Juliette saß in ihrem Sessel, doch sie las nicht und tat auch sonst nichts. Hatte sie auf sie gewartet? Das Radio spielte nicht, und es stand auch kein Wein auf dem Tisch.

Sie machte Anstalten aufzustehen, um ihren Platz anzubieten, doch Sophie setzte sich rittlings auf den Stuhl.

»Kann man bei dir rauchen?«

»Mein Leben lang haben die Leute in meiner Umgebung geraucht, und es hat mich nie gestört.«

Im Vergleich zu der jungen Frau, die frischer wirkte als am Vortag, sah Juliette zwar nicht so elend aus, wie man nach Louises Schilderungen hätte annehmen können, aber man merkte ihr jetzt doch ihr Alter an.

»Ich hoffe, ich habe gestern nicht zu viel Unsinn geredet?«

»Erinnerst du dich nicht mehr, was du gesagt hast?«

Sophie musste über die plötzliche Ehrlichkeit der Alten lächeln.

»Doch! Vielleicht nicht an jede Einzelheit. Nur so im Allgemeinen. Hat es dich schockiert, dass ich getrunken habe?«

Sophie versuchte sich den Boulevard Saint-Germain ins Gedächtnis zu rufen, konnte sich jedoch nicht erinnern, ihre Großmutter je beim Trinken gesehen oder auch nur eine Anspielung darauf gehört zu haben.

»Wie alt war ich eigentlich, als ich von euch wegging? 1944 war ich fünfundsechzig. Ob du mir glaubst oder nicht: Ich war vorher nie in meinem Leben betrunken. Erst mit Adrien habe ich angefangen. Auch er hatte früher, in unserer ersten Ehe, nicht getrunken.

Als ich wieder zu ihm zog, war er in allen Kneipen unseres Viertels schon bekannt, und man schenkte ihm seinen Roten ein, ohne dass er den Mund öffnen musste. Abends habe ich mich dann auf die Suche nach ihm gemacht, und allmählich wurde auch ich überall bekannt. Man sagte mir, wann er ungefähr da gewesen war und welche Richtung er eingeschlagen hatte. Und nach und nach habe ich es dann so gemacht wie er.«

Sie war fast fröhlich. Obwohl in Morgenrock und Pantoffeln, hatte sie sich kokett frisiert und einen hellen Schal um ihren runzligen Hals geschlungen.

»Hast du gut geschlafen?«

»Ich habe ein Schlafmittel genommen«, gestand Sophie. »So habe ich Lélia nicht einmal kommen hören.«

»Ist sie noch im Bett?«

»Falls sie gestern Abend nicht irgendetwas verabredet hat, ist sie heute den ganzen Tag frei. Ich habe Louise gebeten, um halb zwei für uns drei zu decken.«

Nachdem sie nun die Alltagsdinge besprochen hatten, schwiegen beide und starrten den Kupferkessel an, der auf dem Ofen vor sich hin vibrierte und mit seinen Lichtreflexen so etwas wie den Mittelpunkt des Zimmers bildete. Sophie fragte sich, was ihre Großmutter wohl mit all dem kochenden Wasser machte. Kippte sie es in den Ausguss, weil es ihr Spaß machte, wenn wieder neues Wasser im Kessel zu singen anfing, oder ließ sie den Kessel hin und wieder abkühlen?

Sie wollte nicht als Erste das Wort ergreifen. Sie hatte beschlossen, Juliette die Initiative zu überlassen und vor allem nichts zu sagen, was sie verstören könnte.

So wartete sie nun mit kaum spürbarer Ungeduld, denn sie war sicher, dass die alte Frau schließlich reden würde und nur nicht wusste, wie sie anfangen sollte.

»Ich weiß, was du denkst.«

»Was denke ich denn?«, antwortete Sophie.

»Du sagst dir, dass ich darauf brenne, dir mein Leben zu erzählen, und nicht weiß, wie ich es anfangen soll. Gib's zu!«

»Das ist fast richtig.«

»Interessiert es dich denn, was eine alles in allem ziemlich gewöhnliche Frau achtzig Jahre lang getan hat?«

»Du hast gesagt, ich wäre dir ähnlich.«

»Das habe ich gestern gesagt, weil ich betrunken war.«

»Warst du tatsächlich so betrunken?«

»Zumindest genug, um zu übertreiben. Ist es dir nie passiert, dass du in Selbstmitleid zerfließt, wenn du getrunken hast, und glaubst, die ganze Welt sei gegen dich?«

Sophie antwortete lieber nicht.

»Im Grunde«, fuhr die Alte fort, »bemitleide ich mich nicht, sonst müsste man mit allen anderen Mitleid haben, und dann könnte man nicht mehr leben.«

Die junge Frau registrierte diesen Satz, als könnte er ihr eines Tages als Schlüssel dienen:

»... und dann könnte man nicht mehr leben ...«

Die alte Frau war also tatsächlich nicht so harmlos, wie sie anfangs geglaubt hatte.

»Hast du denn nie mit jemandem Mitleid gehabt?«, fragte sie, obwohl sie sich geschworen hatte, sich zurückzuhalten.

Juliette antwortete mit einem grausamen Lächeln:

»Nicht einmal mit meinem alten Adrien habe ich Mitleid gehabt!«

Und einen Augenblick schien sie einem Gedanken nachzusinnen.

»Es gibt da eine Sache, die ich dir gern erzählen würde, weil ich wissen möchte, ob du ebenfalls eine solche Erfahrung gemacht hast. Es mag seltsam erscheinen, aber bis jetzt bin ich noch nie jemandem begegnet, dem ich diese Frage hätte stellen können.«

»Welche Frage?«

»Warte. Ich muss dir zuerst etwas erzählen, damit du verstehst. Hast du ein wenig Zeit, oder bist du in Eile?«

»Ich habe heute nichts vor.«

»Möchtest du dich nicht in den Sessel setzen oder vielleicht auf dem Bett ausstrecken? Im großen Zimmer liegst du immer auf dem Diwan.«

Ahnte sie, dass sich ihre Enkelin vor dem noch kaum erkalteten Bett einer alten Frau ekelte? Jedenfalls bestand sie nicht weiter auf ihrem Vorschlag.

»Ich habe dir von Moulins erzählt, von meinen Eltern und Gaston Demarie, dem Sohn des Musikalienhändlers, und davon, was sich mit ihm in dem Lagerraum abspielte. Als ich später hörte, wie Männer über diese Dinge reden, hat mich immer überrascht, wie wichtig sie das nahmen. Ich habe Adrien meine Männergeschichten vor seiner Zeit getreulich erzählt, und er war deswegen lange Zeit unglücklich.

Du als Frau kannst mich, glaube ich, verstehen. Selbst als ich dann endlich – und das hat wirklich lange gedauert! – ebenfalls Vergnügen an der Sache fand, entstand dadurch überhaupt keine Bindung zwischen diesem Bärtchen tragenden Schwachkopf und mir.

Verstehst du, was ich sagen will? Er konnte sich noch so viel mit gewissen Teilen meines Körpers beschäftigen, und ich konnte mich noch so sehr darauf einlassen – ich hatte dabei nie das Gefühl, ihm irgendetwas von mir selbst zu geben.

Ich blieb innerlich weiter ein junges Mädchen, habe mich weiterhin als jungfräulich betrachtet, auch wenn ich wegen der immerhin möglichen Folgen Angst hatte. Ich habe zwar nicht eigens nach solchen Vergnügungen gesucht, aber wenn sich mir anderswo die Gelegenheit geboten hätte, hätte ich wohl nicht nein gesagt.

Du glaubst wohl, dass ich nur so dahinrede. Aber ich muss so weit ausholen, um zu erklären, was danach kam. Ich habe dir schon gesagt, dass ich das Haus meiner Eltern nicht leiden konnte, und das erschien mir auch ganz natürlich, denn es war ja nicht für mich, sondern für sie eingerichtet worden. Es war ihr Zuhause. Ich war nur übergangsweise dort, so lange, bis ich alt genug war, mein eigenes Leben zu beginnen.

Wenn Eltern das doch begreifen könnten! … Aber lass mich zum Wesentlichen kommen. Als ich Adrien begegnet bin, war ich zweiundzwanzig und hatte schon Angst, überhaupt nie aus Moulins wegzukommen. Er war drei Jahre älter als ich und hatte sich erst kurz zuvor in der Stadt niedergelassen. Er behauptete, er sei Journalist; ich werde dir später davon erzählen. Ein Senator des Departements, der eine kleine Zeitung in Moulins herausgab, hatte ihn auf Empfehlung eines Freundes in Paris angestellt. Ich habe mich sofort verliebt, so heftig und so aufrichtig wie andere auch.«

Sie warf einen verstohlenen Blick auf die junge Frau, um zu sehen, ob sie zuhörte.

»Langweile ich dich?«

»Nein.«

»Du hast doch neulich abends das Paar gesehen, das unter dem Torbogen stand. Monatelang waren wir, Adrien und ich, wie dieses Paar. Wir standen in eisigen dunklen Gassen, meine Hände wurden blau vor Kälte, und ich musste seine Küsse unterbrechen, um mir die Nase zu putzen. Er hat mir seinen Hass auf die Provinz gestanden und seine Sehnsucht, möglichst bald nach Paris zurückzukehren und mich mitzunehmen. Und dann hat er eines Tages verkündet, dass er dort eine Anstellung bei einer wichtigen Zeitung gefunden hätte.

Wenn ich nach Hause kam, hatte ich den Geschmack seines Speichels im Mund, und meine Lippen waren ganz wund.

Ich habe ihn meinen Eltern vorgestellt. Darauf ist er uns regelmäßig abends besuchen gekommen, erst zweimal, später dreimal, dann fünfmal die Woche. Er hat sich zu uns ins Hinterzimmer des Ladens gesetzt, wo meine Mutter unter der Petroleumlampe gestrickt hat und so tat, als kümmerte sie sich nicht um uns, während mein Vater zum Kartenspielen in die Kneipe ging.

Wir haben uns geliebt. Unsere Hochzeit war eine richtige Hochzeit, allerdings ohne Kirche, denn mein Vater war, was man einen Atheisten nennt. Es wurde viel über die Trennung von Kirche und Staat diskutiert und davon geredet, dass man die Mönche und Nonnen aus den Klöstern verjagen müsse. In Moulins waren die Feldjäger der Garnison ständig in Alarmbereitschaft, um die Salesianerinnen, die Karmeliterinnen und die Chorfrauen von Saint-Augustin zu beschützen, und in den Straßen kam es ständig zu Schlägereien, wenn auch nicht so schlimm wie in einigen Dörfern der Bretagne.

Etwa zwanzig Gäste kamen zu unserer Hochzeit, die im Bankettsaal des Hôtel du Dauphin gefeiert wurde.«

»Das Hotel gibt es noch, ich habe dort einmal auf der Durchreise gegessen.«

»Adrien und ich haben den Nachtzug genommen und die anderen weiteressen und -trinken lassen. Um sieben Uhr abends fuhren wir beide los, nicht in einem Schlafwagen, sondern in einem Abteil zweiter Klasse, in das aber glücklicherweise sonst niemand einstieg.

Ich sehe uns noch beide mit dem Gesicht in Fahrtrichtung nebeneinandersitzen.

Ich hatte den Traum verwirklicht, den ich als Kind, als junges Mädchen geträumt hatte, den Traum aller Frauen. Seit diesem Morgen war ich verheiratet. Niemand hatte das Recht, daran etwas zu ändern. Ich trug einen goldenen Ring am Finger. Adrien, der einen neuen Anzug anhatte, hat seinen Arm um meine Taille gelegt und meinen Kopf an seine Schulter gezogen.

Ich habe ihn geliebt, ich sage es noch einmal. Ich war ergriffen.

Und während wir von dem fahrenden Zug hin und her gerüttelt wurden und Adrien mich umarmte, habe ich unentwegt nach vorne geblickt.

In dem Augenblick habe ich eine Entdeckung gemacht, die mich für mein ganzes Leben geprägt hat, doch das habe ich damals noch nicht gewusst. An jenem Abend habe ich sie meiner Aufgeregtheit zugeschrieben und einer gewissen Angst vor dem Unbekannten, denn ich verließ ja meinen vertrauten Umkreis und betrat eine neue Welt, von der ich nur eine sehr verschwommene Vorstellung hatte.

Ich war nicht wirklich traurig oder erschrocken.

Adrien hat mich besorgt gefragt:

›Frierst du?‹

›Nein. Es ist nichts.‹

›Wahrscheinlich kommt es vom Fahren.‹

Müssten die Männer nicht ebenso empfinden?

Was ich entdeckt hatte, Sophie, war, dass ich neben einem Fremden leben würde, dass ich bereits neben einem Fremden lebte.

Mein Kopf lag auf seiner Brust. Ich erinnere mich, dass ich seine Brieftasche durch den Stoff spürte. Ich kannte seinen Geruch, die Beschaffenheit seiner Haut, obwohl er noch nicht richtig mit mir geschlafen hatte. Er hatte es nicht versucht. Von meinen Erfahrungen mit dem Musikalienhändler wusste er noch nichts.

Aber das ist nicht wichtig. Die Sache hat sich im Übrigen kurz darauf ereignet, ohne dass sich dadurch etwas verändert hätte.

Was ich aber eigentlich sagen wollte, ist, dass ich ihn liebte, dass ich seit einigen Stunden seine Frau war und doch schon wusste, dass ich nun an ein Wesen gebunden war, das ich niemals kennen würde und das seinerseits auch mich nicht kennen würde.

Wir würden in einer Wohnung zusammenleben, in einem Bett schlafen, vielleicht Kinder haben, miteinander sprechen, lachen, streiten und weinen und einander dennoch immer fremd bleiben.

Findest du mich lächerlich?«

Sophie murmelte vor sich hin:

»Ich habe das noch nie so gesehen.«

»Bist du sicher? Schreckst du nicht genau aus diesem Grund davor zurück, morgens einen Mann, einen Unbekannten in deinem Bett vorzufinden? Ich jedenfalls habe mich nicht getäuscht. Was ich in dieser Nacht im Zug spürte, habe ich mein ganzes Leben lang gespürt, sogar noch, als Adrien vor anderthalb Jahren gestorben ist.

Bin ich womöglich ein Ungeheuer? Ich habe zunächst sieben Jahre lang mit Adrien gelebt, schon damals in der Wohnung in der Rue de Jouy, wo du mich abgeholt hast, und die Möbel, die du hier siehst, haben wir eines nach dem anderen gekauft, auch den Ofen.

Wir waren sehr arm. Besser gesagt, manchmal hatten wir eine Zeit lang Geld und dann wieder überhaupt nichts.

Adrien hatte mich nicht angelogen, oder nur halb. Er erledigte tatsächlich kleine Aufträge für Zeitungen, aber er hatte keine feste Anstellung, und ich habe schnell begriffen, dass er auch niemals eine haben würde.

Er war ein Mensch, der sich selbst etwas vormachen konnte und auch den anderen ständig Geschichten erzählte. Manchmal haben die Leute ihn ernst genommen, dann bekam er ein regelmäßiges Gehalt, und wir erlebten eine Phase des Überflusses.

Und dann fiel doch wieder auf, dass er gelogen hatte und alles nur heiße Luft war. Er hat aber nie den Mut verloren und sich immer wieder in ein neues Abenteuer gestürzt. Zum Beispiel hatte er eine gewisse Zeit die fixe Idee von einer revolutionären Wochenzeitschrift, die er gründen wollte, er hatte sogar schon Geld aufgetrieben, um Büroräume zu mieten und Briefpapier zu bestellen.

Es war ein verrücktes Leben. Wenn kein Sou mehr im Haus war, schrieb er an Hinz und Kunz, um sich Geld zu leihen, und ich musste dann die Briefe austragen. Manch einer hat das falsch verstanden und in meinem Kommen eine kaum verschleierte Aufforderung gesehen.

Es kam sogar vor, dass ich mich darauf einließ. Ich weiß nicht, ob Adrien einen Verdacht hatte. Ich habe mich sogar gefragt, ob diejenigen, die seine Absichten auf diese Weise missverstanden haben, wirklich so falschlagen.

Während unserer Zugfahrt von Moulins nach Paris konnte ich all das noch nicht ahnen. Und dennoch habe ich es irgendwie schon gewusst.«

Sie blickte Sophie in die Augen.

»Glaubst du, dass es echte Paare gibt, einen Mann und eine Frau, die füreinander nicht Fremde sind?«

Die junge Frau lachte nervös.

»Ich habe es nie ausprobiert.«

»Weil du nicht daran glaubst! Es ist übrigens gleichgültig, ob es sich um zwei Männer, um zwei Frauen, um Verwandte oder Freunde handelt. Ich kann noch so sehr deine Großmutter sein und bleibe dir doch genauso fremd – vielleicht noch fremder – wie dieses Mädchen, das in deinem Zimmer schläft.

Siehst du, so wollte ich mit dir sprechen, in aller Ruhe und ohne dass wir aufeinander böse werden. Ich weiß nicht, warum mir das gestern so missglückt ist. Oder doch, ich weiß es. Adrien hat sein ganzes Leben damit zugebracht, Geschichten zu erzählen, an die er dann schließlich selbst geglaubt hat. Ich frage mich, ob wir das nicht alle mehr oder weniger so machen.

Ich habe dir gesagt, ich hätte ihn geliebt. Ich habe es wirklich geglaubt. In manchen Momenten glaube ich das auch heute noch und sage mir, dass es das ist, was man Liebe nennt.

Wenn ich aber genauer darüber nachdenke, dann habe ich vor allem eine Stütze gesucht, an die ich mich anlehnen konnte. Ich war unfähig, allein zu leben. Und bei meinen Eltern hatte ich mich allein gefühlt.

Ich habe geglaubt, dass er mich unterstützen würde und wir beide zusammen etwas bilden könnten ... Ja, was eigentlich genau? Weißt du's? Weiß es überhaupt jemand?

Rat mal, was er mir eines Abends, wenige Monate vor seinem Tod, gestanden hat, als er stockbetrunken war? Du wirst es nie erraten! Es ist so komisch, dass ich einfach lachen musste, während er mich verständnislos angesehen hat. Letzten Endes hat er mir erklärt, dass ich an seinem verpfuschten Leben schuld sei, weil er eigentlich eine Frau gebraucht hätte, die ihn an der Hand führt und von Dummheiten abhält, einen ausgeglichenen, Sicherheit ausstrahlenden Menschen. Und er hat noch hinzugefügt, dass er wegen meines ruhigen und selbstsicheren Auftretens anfangs geglaubt hätte, dass ich so eine Frau sei.

Siehst du, wie lächerlich das alles ist? Ich heirate ihn, um eine Stütze zu haben, weil ich ihn für stark hielt, und er, der sich seiner Schwäche bewusst war, hat darauf gesetzt, dass ich ihn beschützen würde!«

Sie suchte in Sophies Blick nach einer Reaktion, doch die junge Frau sah nur schweigend auf den Ofen.

»Ich werde dir auch noch erzählen …«

Louise klopfte an die Tür und verkündete:

»Das Essen ist angerichtet.«

»Ist Lélia aufgestanden?«

»Ich habe sie vor einer halben Stunde geweckt, sie kommt gerade aus dem Bad.«

Lélia wartete schon im großen Zimmer. Sie war beunruhigt und versuchte, am Verhalten der beiden Frauen zu erkennen, was vorgefallen war. Die Befriedigung der alten Frau entging ihr nicht, auch nicht ein gewisses Unbehagen von Sophie, eine Nachdenklichkeit, die ihr nichts Gutes zu verheißen schien.

Sophie versäumte es trotzdem nicht, sie zu fragen:

»Wie war dein Vorsingen?«

»Hast du es vergessen?«

»Was vergessen?«

»Ich habe dir heute Nacht eine Viertelstunde lang davon erzählt, und du hast mir sogar ein paar Fragen gestellt.«

»Was für Fragen?«

»Ich weiß nicht mehr. Warst du denn nicht wach?«

»Ich hatte ein Schlafmittel genommen.«

Sie setzten sich alle drei, mit Sophie in der Mitte, und reichten sich, fast wie in einer Zeremonie, gegenseitig die Vorspeisen. Louise hatte außer dem Elsässer Wein eine Flasche Saint-Émilion neben das Gedeck der alten Frau gestellt.

»Ich werde engagiert, aber erst für nächstes Jahr und unter der Bedingung, dass ich noch andere Chansons finde. Der Direktor ist derselben Meinung wie du. Er behauptet, mein Repertoire sei gut für ein Nachtlokal oder fürs Fernsehen, würde aber bei einem traditionelleren Publikum nicht ankommen. Ich muss mich also auf die Suche machen.«

Am meisten erstaunt war Louise, die überhaupt nicht verstand, wie die drei Frauen so friedlich und entspannt zusammensitzen und einander lächelnd bedienen konnten.

»Noch ein paar Crevetten, Juliette?«

Sophie, die darauf bedacht war, nicht ›Großmama‹ zu sagen, erntete als Dank einen freundlichen Blick.

Lélia wusste über nichts Bescheid, außer dass die beiden den halben Vormittag im Zimmer der Alten zusammengesessen hatten. Ihr Instinkt sagte ihr, dass die Sicherheit, die Juliette ausstrahlte, eine Gefahr für sie selbst bedeutete.

Und obwohl sie Sophie die Geschichte mit den Konserven übelgenommen hatte, verhielt sie sich nun fast ebenso ungebührlich, und zwar aus Absicht.

Sie tat so, als würde sie das Etikett der Rotweinflasche studieren, und sagte dann, so als habe Louise etwas verwechselt:

»Ach, ich dachte, Sie trinken lieber Ihren eigenen.«

»Dieser hier ist ausgezeichnet«, antwortete Juliette

schlagfertig. »Er ist sogar viel besser, aber ich konnte mir solchen Wein nie leisten, und ich habe jetzt lediglich die Sorge, dass ich mich an ihn gewöhne.«

Noch immer herrschte Frieden, zumindest an der Oberfläche.

»... denn du bist doch stark, nicht wahr?«

Sophie begann plötzlich einen Zusammenhang zwischen diesen und anderen Worten zu erkennen, die nun einen neuen Sinn bekamen. Einzelne Sätze, die in ihren Gesprächen gefallen waren, fügten sich zusammen, andere dagegen blieben vorerst im Leeren hängen.

Es war noch zu früh, um alles zu rekonstruieren, alles zu verstehen, eines jedoch war schon jetzt Gewissheit: Juliette Viou war gefährlich.

7

Es schneite. Sophie las einen Roman und blickte ab und zu über den Buchrand hinweg auf die immer dichter und langsamer fallenden Flocken, die allmählich auf den Dächern und den parkenden Autos liegen blieben. Lélia hatte kurz überlegt, ob sie eine Platte auflegen sollte, es dann aber doch für klüger gehalten, es nicht zu tun. Stattdessen saß sie nun im Schneidersitz auf dem Teppich und hatte eine Menge Zeitschriften um sich verstreut wie ein Kind sein Spielzeug.

Die Fenster waren geschlossen, und doch drangen immer wieder Kältewellen in die von den Heizkörpern verbreitete Wärme. Die beiden Frauen, die scheinbar gelassen, in Wirklichkeit aber angespannt waren, schwiegen weiter und warteten jede für sich auf eine Gelegenheit, um wieder Frieden zu schließen.

Sie hatten sich gar nicht gestritten, und das machte die Versöhnung umso schwieriger.

Am Vortag waren sie mit Freunden zum Abendessen im Fouquet's gewesen, von wo Lélia nur die Champs-Élysées zu überqueren brauchte, um in ihre Nachtbar zu gelangen. Der Abend hatte für beide ruhig begonnen. Sophie war mit ihren Freunden dann noch bis zum Élysée-Club hinuntergegangen, wo sie sich mal hier, mal dort an einem Tisch unterhalten hatte, ohne sich einer bestimmten Clique anzuschließen, und schon gegen halb drei war sie mit ihrem roten Auto vor dem Patate vorgefahren.

Dort schien es ihr kurz, als würde sich eine Gestalt in die Dunkelheit zurückziehen, doch sie machte sich weiter keine Gedanken. Sie stellte auch dem Portier keine Fragen, als dieser sie begrüßte. Beim Betreten des schummrig beleuchteten Raumes hielt sie nach ihrer Freundin Ausschau und stellte verärgert fest, dass diese mit zwei lärmenden Amerikanern und einer kleinen japanischen Animierdame an einem Tisch saß.

Ihre Blicke hatten sich gekreuzt, und Sophie war daraufhin mit gleichgültiger Miene allein an die Bar gegangen.

Mehr war eigentlich nicht geschehen. Während sie langsam ihr Glas geleert hatte, waren Lärm und Gelächter vom Tisch der Amerikaner zu ihr herübergedrungen; sie hatte absichtlich nicht hingeblickt, sondern ein Reklamestreichholzheftchen in kleine Fetzen zerpflückt.

Zehn Minuten später, vielleicht auch eine Viertelstunde, hatte sie dem erstaunten Barkeeper plötzlich ihr Getränk bezahlt und war verbittert aufgebrochen.

Sie war geradewegs zum Quai de Bourbon zurückgekehrt und sofort zu Bett gegangen. Sie hatte kaum das Licht gelöscht, als sie die Wohnungstür auf- und zugehen hörte. Lélia machte absichtlich kein Licht und zog sich im Dunkeln aus. Als sie dann im Bett lag, beugte sie sich zögernd zu ihrer Freundin hinüber und flüsterte:

»Bist du mir böse? Sie wollten mich nicht gehen lassen, und ich hatte Angst, dass sie ausfallend würden. Auch François hat das befürchtet und mir Zeichen gemacht, damit ich nicht die Geduld verliere.«

Da keine Antwort gekommen war, hatte sie sich an Sophie geschmiegt, den Kopf auf ihre Schulter gelegt und ihr ins Ohr geflüstert:

»Ich schwöre dir, dass das nie mehr vorkommt.«

Es war ein Fehler, dass sie die beruhigende Wärme von Sophies Körper suchte, dass sie ihren Kopf genau dorthin legte. Weil sie nicht dabei gewesen war, als Juliette ihr Eisenbahnerlebnis erzählte, konnte sie nicht wissen, dass vor Sophies geistigem Auge das Bild eines anderen Kopfes an einer anderen Brust auftauchte.

»Ich entdeckte, dass ich einen Fremden neben mir hatte und dass ich mit einem Fremden leben würde.«

Ob sich Juliette wörtlich so ausgedrückt hatte, spielte keine Rolle. Auch Lélia war für Sophie eine Fremde, die ihr im Augenblick so fern stand, dass sie es nicht einmal für nötig hielt, ihr zu antworten. Und das galt nicht nur für Lélia, sondern auch für all die anderen, für alle vor ihr und nach ihr.

Jede der beiden Frauen lauschte auf den Atem und den Herzschlag der anderen. Beide waren traurig, doch aus verschiedenen Gründen und wegen unterschiedlicher Gedanken, die sie sich gegenseitig nicht mitteilen konnten.

Es war merklich kälter geworden, sogar in der Wohnung. Vielleicht war dies der Moment gewesen, in dem es wieder zu schneien angefangen hatte? Lélia war in ihr Bett zurückgehuscht, und Sophie hatte, obwohl sie nichts sehen konnte, gespürt, dass ihre Freundin mit offenen Augen in die Dunkelheit starrte.

Sie waren schon früh aufgestanden, ohne auch nur ein Wort miteinander zu wechseln. Beim Frühstück lief das Radio. Sophie hatte Louise nicht nach Juliette gefragt, und das Dienstmädchen wollte von sich aus nichts berichten.

An diesem Morgen verbarrikadierte sich jede der Frauen hinter einer Mauer des Schweigens. Gerade als Lélia endlich zum Sprechen ansetzen wollte, weil sie es nicht mehr aushielt, und nur noch abwartete, bis ihre Freundin an einem Kapitelende angekommen war, ließ ein Klingeln an der Wohnungstür beide hochschrecken.

Sie hörten das Dienstmädchen die Tür öffnen und ein paar Worte sagen. Sie kehrte zurück und streckte Sophie wortlos eine Visitenkarte entgegen.

Joseph Charon
Polizeikommissar

Hinter dem Namen waren noch der unterste Rang der Ehrenlegion sowie zwei weitere Abkürzungen abgedruckt, die vermutlich ebenfalls Auszeichnungen bedeuteten.

»Lass ihn hereinkommen.«

Lélia war aufgesprungen und ging in Richtung Schlafzimmertür, hinter der sie der Kommissar gerade noch verschwinden sah. Er kam auf den Diwan zu, wobei er einen kleinen Bogen machen musste, um nicht auf die auf dem Teppich verstreuten Zeitschriften zu treten.

»Hoffentlich störe ich Sie nicht?«

Er sah kurz auf die Uhr, obwohl er die Zeit schon unten kontrolliert hatte.

»Es ist halb zwölf …«

»Ich weiß. Nehmen Sie Platz.«

»Denken Sie bitte nicht, ich hätte schon früher zu Ihnen kommen können. In den letzten Tagen habe ich mich schon zweimal bei der Concierge gemeldet, doch sie hat mich beide Male davon abgehalten, Sie zu stören.«

Er lächelte, ganz Mann von Welt, der das Leben kennt.

»Ich wollte Ihnen vor allem für den großen Dienst danken, den Sie mir erwiesen haben. Um ganz aufrichtig zu sein, mir ist inzwischen klargeworden, dass ich, als ich Sie um Hilfe gebeten habe, nicht über die Konsequenzen nachgedacht habe, die Ihr Eingreifen für Sie selbst haben könnte. Als mir das dann bewusst wurde, habe ich ein schlechtes Gewissen bekommen. Wahrscheinlich ist mein Beamtengeist daran schuld, dass ich das Problem anfangs nur aus bürokratischer Sicht wahrgenommen habe …«

Während er sprach, schien er nach Anzeichen der alten Frau zu suchen, deren Auszug aus dem abbruchreifen Haus in der Rue de Jouy in Begleitung ihrer Enkeltochter er mit so großer Erleichterung verfolgt hatte.

»Ich bin also aus einem zweifachen Grund gekommen: um Ihnen zu danken – und um mein Gewissen zu beruhigen. Ich hoffe, dass ich Ihnen nicht zu große Schwierigkeiten verursacht habe?«

Mit einem höflichen Lächeln, aber ohne Wärme murmelte Sophie:

»Nicht zu große, nein.«

»Ist die Dame hier?«

Sie senkte als Antwort nur die Lider, und leiser fragte er, nachdem er der Reihe nach auf sämtliche Türen geblickt hatte:

»Kann ich sprechen?«

Warum sollte er nicht? Louise hatte der alten Frau vermutlich schon Bescheid gesagt, und wahrscheinlich lauschte sie jetzt an der Küchentür. Sollte sie doch!

»Darf ich Sie, ohne indiskret erscheinen zu wollen, fragen, wie alles geregelt worden ist?«

Sie hätte ihm fast geantwortet:

»Überhaupt nichts ist geregelt.«

Denn letztlich war das die Wahrheit. Aber wozu sollte sie mit ihm darüber diskutieren? So sagte sie nur:

»In meiner Wohnung war ein freies Zimmer, und meine Großmutter ist dort eingezogen.«

»Nachdem ich gesehen habe, dass sie einen Teil ihres Mobiliars hierherbringen ließ, habe ich ihre restlichen Sachen für alle Fälle in einem Möbellager hier in der Nähe unterstellen lassen.«

Er hüstelte verlegen.

»Ich bin zufällig dem Arzt wiederbegegnet, der sich damals mit ihr durch die Tür unterhalten hat, er ist ein

Freund von mir. Er wollte natürlich wissen, was aus ihr geworden ist und wie sie sich verhält. Ich habe ihn so verstanden, dass er sich noch keine endgültige Meinung über sie gebildet hat. Darf ich Sie fragen, ob Sie sich inzwischen eine Meinung bilden konnten?«

»Sie wollen wissen, ob ich meine Großmutter für verrückt halte?«

»So weit möchte ich nicht gehen. Ich habe Ihnen neulich schon im Vertrauen gesagt, dass die Behörden in einem solchen Fall praktisch machtlos sind, und Ihnen die einzige Möglichkeit genannt, die uns gegebenenfalls bleibt. Die Tatsache, dass sich der Arzt noch hinterher besorgt, ja skeptisch gezeigt hat ...«

Sophie erhob sich, um ihrem Gast etwas zu trinken einzuschenken. Sie fragte ihn gar nicht erst, was sie ihm anbieten könnte, da sie ja wusste, dass er Whisky bevorzugte.

»... Ich wollte Ihnen nur persönlich und in meiner Eigenschaft als Polizeikommissar danken und bin nicht in amtlichem Auftrag hier. Sie sind eine berühmte Frau, und Ihre Tätigkeit, die Risiken Ihres Berufes sind bekannt. Ich möchte keinesfalls, dass meinetwegen ...«

»Auf Ihr Wohl, Kommissar!«

»Kann ich daraus schließen, dass alles in Ordnung ist und Ihre Großmutter Ihnen keine Sorgen bereitet?«

Was sollte sie darauf antworten?

»Ich glaube, sie ist ganz zufrieden, dass sie hier sein kann.«

Er sprach die Frage nicht aus, ob sie selbst es ebenfalls

war, aber man konnte diese Frage von seinen Augen ablesen. Da er keine bestätigende Antwort erhielt, brachte er höchst ungeschickt hervor, was er noch loswerden wollte.

»Wie gesagt, der Arzt ist ein Freund von mir. Ich lasse Ihnen für alle Fälle seine Karte hier. Sie sehen, er wohnt an der Place des Vosges, nur zwei Schritte von hier. Er ist äußerst gewissenhaft, ein Perfektionist, der sich um seine Patienten auch noch sorgt, wenn er sie bereits aus den Augen verloren hat. Sollte Ihnen sein Besuch irgendwann einmal angebracht erscheinen, so steht er zu Ihrer Verfügung. Er könnte eventuell sogar, da die Dame ihn ja nicht gesehen hat, als ein Bekannter von Ihnen auftreten.«

»Das ist sehr freundlich von ihm«, sagte sie fast ohne Ironie. »Richten Sie ihm bitte meinen Dank aus.«

»Haben Sie den Eindruck, dass sie normal ist?«

»Das kommt darauf an, was man unter normal versteht, nicht wahr? Kann ich von mir behaupten, dass ich normal bin?«

Er lachte.

»Nochmals auf Ihr Wohl, und danke. Ich will Sie nicht länger aufhalten. Ich hatte einfach nur seit ein paar Tagen ein schlechtes Gewissen. Und da hat mir meine Frau geraten ...«

Die Szene wurde jetzt ziemlich komisch. Er hatte sich verplappert und wusste nicht, wie er sich wieder herauswinden sollte. Schließlich hatte er soeben zugegeben, dass er als Polizeikommissar seine Frau über die

Begebenheiten in seinem Ressort auf dem Laufenden hielt und sie vielleicht sogar um Rat fragte.

Sophie hätte gerne gewusst, was Madame Charon über Juliette dachte, doch ihr Gast verhaspelte sich immer mehr in Entschuldigungen und zog sich schnellstens zurück.

Kaum hatte sich die Wohnungstür hinter ihm geschlossen, da tauchte die alte Frau verängstigt und misstrauisch aus der Küche auf.

»Hast du mitgehört?«, fragte Sophie.

»Fast alles. Was hast du jetzt vor? Wusstest du, dass ich zuhöre?«

»Ich konnte es mir denken. Louise hatte dich ja sicher schon informiert.«

»Hast du nur deshalb nichts Genaueres gesagt, weil ich hinter der Tür stand?«

Sophie antwortete nicht gleich, sie schien ihre Worte genau abzuwägen.

»Ich hatte ihm nichts zu sagen.«

»Du glaubst doch nicht, dass ich verrückt bin, oder?«

»Selbst wenn …«

»Aber ich bin es nicht, ich schwöre es dir! Ich bin völlig bei Verstand, Sophie! Wenn ich in den Augen einiger Leute etwas sonderbar erscheine, dann nur, weil ich immer sage, was ich denke, nämlich genau das, was die anderen nicht zugeben wollen und mit aller Gewalt verdrängen. Wenn es dir lieber ist, kann ich auch schweigen. Du wirst mich doch nicht in eine Anstalt schicken, oder? Wo ist die Karte dieses Doktors? Wie heißt er?«

Sophie las halblaut vor, was auf der Karte stand: *Dr. Paul Barbanel, vorm. Assistenzarzt, 21, Place des Vosges,* und reichte sie ihrer Großmutter, die wütend darauf starrte und die Karte am liebsten zerrissen hätte. Schließlich aber legte sie sie auf den Marmorsims des Kamins.

»Er hat mich doch noch gar nie gesehen, geschweige denn untersucht. Er hat mir bloß an die zehn Fragen durch eine geschlossene Tür gestellt. Der Beweis dafür, dass ich nicht verrückt bin, ist doch, dass sie nichts zu unternehmen gewagt und stattdessen lieber dich geholt haben.«

»Setz dich.«

»Hast du noch Zweifel?«

»Nein. Setz dich.«

Die Alte ließ sich in einem Sessel nieder, doch sie blieb auf der Hut, als säße sie vor einem Untersuchungsrichter oder im Sprechzimmer des Doktor Barbanel.

Sophie legte sich nicht wie sonst auf ihren Diwan, sondern setzte sich ihrer Großmutter gegenüber in einen anderen Sessel, wodurch diese nur noch nervöser wurde.

Juliette schien so etwas Ähnliches wie ein Verhör zu erwarten, denn sie scherzte mit gezwungenem Lächeln:

»Ich schwöre, die Wahrheit zu sagen und nichts als die reine Wahrheit …«

Dann fuhr sie in ernsterem Ton fort:

»Was möchtest du wissen? Sag es offen. Ich werde dir ebenso offen antworten und verspreche, dich nicht anzulügen.«

»Ich glaube nicht, dass du mich jemals angelogen hast.«

Ⅾ War das eine Falle? Juliette hielt es jedenfalls für klüger, etwas ausweichend zu antworten:

»Manchmal schon.«

»Deine Lügen sind keine wirklichen Lügen. Du redest nie grundlos daher. Du sprichst zwar manchmal über andere, doch ziemlich selten. Du sprichst vor allem über dich.«

»Wer tut das nicht?«

»Irgendetwas an dir ist mir unbegreiflich …«

»Mir auch.«

»Sei so lieb und unterbrich mich nicht!«

»Entschuldige.«

Es herrschte jetzt ein anderer Ton als bei den Gesprächen in Juliettes Zimmer, als sie beide vor dem Ofen mit dem Kupferkessel saßen; es hatte auch nichts mit den leidenschaftlichen Ausbrüchen ihrer anderen Unterredung zu tun. Sophies Gesicht war noch nie so scharf und unerbittlich erschienen, doch das lag vielleicht auch am fahlen Licht des Schneewetters.

»Du hast mir bis jetzt noch fast nichts über meinen Großvater erzählt. Wie hast du ihn kennengelernt?«

Die Enkelin verlangte Rechenschaft von ihrer Großmutter.

»Möchtest du alle Einzelheiten wissen?«

»Sofern sie von Bedeutung sind.«

»Das hängt vom jeweiligen Standpunkt ab, nicht wahr?«

Ihr Geist blieb rege, und sie war durchaus noch fähig, kompliziertere Gedankengänge zu entwickeln.

»Ich habe dir *grosso modo* erzählt, wie mein Leben mit Adrien verlief, doch du kannst dir davon sicher keine genaue Vorstellung machen. Damals, vor dem Ersten Krieg, haben wir in einer ganz anderen Welt gelebt, man fuhr noch mit der Pferdebahn, und über die Holzplanken hörte man nur Fiaker rollen. Ich habe keine Fotografien aufbewahrt, weil mir das immer so vorkommt, als würde ich Leichen anschauen.«

Sie log. In der Rue de Jouy hatte auf der Kirschbaumkommode ja doch mindestens eine gerahmte Fotografie gestanden. Wessen Porträt war das gewesen? Das von Adrien Viou? Von Prédicant? Oder das Porträt eines anderen? Hatte Juliette es zerrissen? Aber warum eigentlich?

»Stell dir Adrien in Gehrock und Zylinder vor, einem Klappzylinder, später hat er dann eine Melone oder einen breitkrempigen Strohhut getragen.«

»Was er anhatte, interessiert mich nicht.«

»Wie du willst. Ich habe dir gesagt, dass es mit uns auf und ab ging. Im Frühjahr 1908 trugen wir beide neue Kleidung, denn Adrien arbeitete damals als eine Art Sekretär eines Bauunternehmers, der Abgeordneter geworden war und der Veruntreuung von Geldern beschuldigt wurde. Um sich dagegen zu wehren und seinerseits anzugreifen, hatte er vor, eine Zeitung zu gründen.

Eines Tages im Mai hat Adrien mich ins Café de Paris

mitgenommen, das damals in Mode war und wo wir mit diesem Mann und zwei anderen, deren Einverständnis nötig war, essen sollten.

Der eine von beiden hieß Gilbert Prédicant und besaß in der Avenue de Châtillon eine bedeutende Druckerei.

Prédicant war groß und breitschultrig, ein schöner Mann, der auf die vierzig zuging. Während des ganzen Essens hat er sich mehr für mich interessiert als für alle Vorschläge, die die anderen ihm unterbreiteten.

Kann ich offen sein? Wirst du auch nicht wieder behaupten, dass ich immer nur über mich rede?«

Sophie begnügte sich mit einem Kopfnicken.

»Mit dreißig war ich noch recht hübsch, hübscher als mit zwanzig, und ich sprühte vor Lebensfreude. Vor allem gehörte ich, wie dir jeder bestätigen könnte, der mich damals gekannt hat, zu jener Art Frauen, die die Männer neugierig machen. Ich will nicht leugnen, dass ich es auch absichtlich darauf angelegt habe. Ich hatte so eine Art, sie anzusehen und ihnen zuzuhören, dass sie mich früher oder später einfach fragen mussten:

›Und was denken Sie?‹

Worauf ich gewöhnlich mit einer Gegenfrage geantwortet habe:

›Über wen?‹

›Über mich, zum Beispiel.‹

Denn Männer wie Frauen, das hatte ich entdeckt, wollen immer unbedingt wissen, was man über sie denkt. Alle scheinen zu befürchten, dass man sie anders sieht, als sie gesehen werden möchten und als sie selbst sich gerne sehen würden.

Ich nehme an, ich muss dir nicht haarklein erzählen, wie es weiterging, oder? Eine Woche später bin ich zum ersten Mal in ein Automobil gestiegen, um mit Prédicant im Séparée eines Restaurants von Saint-Cloud zu speisen.

Er war Junggeselle. Er hatte wohl seine Abenteuer gehabt, war aber nicht das, was man unter einem Lebemann versteht. Er verbrachte damals fast jeden Abend im Club.

Nachdem wir uns einige Wochen lang mehr oder weniger heimlich getroffen hatten, habe ich Adrien alles erzählt. Er ahnte die Wahrheit bereits.

Er hat mich ganz ruhig gefragt:

›Wie soll das weitergehen?‹

›Er fleht mich an, dich zu verlassen.‹

›Und dich scheiden zu lassen?‹

›Noch nicht. Doch es wird dazu kommen.‹

›Bist du verliebt?‹

›Vielleicht.‹

Das stimmte. Prédicant war ein in sich gefestigter Mensch. Bei ihm brauchte ich nicht zu befürchten, die Mutterrolle spielen zu müssen.

Ein Jahr lang habe ich dann in einer Wohnung an der Chaussée d'Antin gewohnt, die er für mich eingerichtet hatte. Der schwierigste Schritt war für mich, von der Geliebten zur Ehefrau aufzurücken.

Ich hab's geschafft. Glücklicherweise waren Adrien und ich nicht kirchlich getraut, sodass ich mit brausender Orgelbegleitung Madame Prédicant werden konnte. Bist du jetzt schockiert?«

»Nein.«

Sophie war gar nicht so sehr an dem interessiert, was Juliette gerade erzählte, sondern vielmehr an all dem, was sie hinter ihren Worten erahnte.

»Jahrelang hatte mich Adrien in dem Glauben gelassen, dass ich an unserer Kinderlosigkeit schuld sei. Kaum aber hatten Prédicant und ich unsere Vorsichtsmaßnahmen aufgegeben, da war ich auch schon schwanger.

Ich war jetzt eine bedeutende, geachtete Dame der Gesellschaft. Wir bewohnten ein ganzes Stockwerk am Boulevard Raspail, eine wirklich herrschaftliche Wohnung, und im Sommer zogen wir in eine Villa bei Trouville, die mitten in einem Park lag.

So wie mein Vater in Moulins zum Kartenspielen in die Brasserie de Paris gegangen war, hat Prédicant jeden Abend, an dem wir nicht in ein Restaurant oder ins Theater gingen, in seinem Club verbracht.

Dann kam deine Mutter auf die Welt. Prédicant war zwar enttäuscht, dass es ein Mädchen war, aber er hat mir zu diesem Anlass den Schmuck geschenkt, von dem du nur noch die Ohrringe kennst. Vielleicht hast du als kleines Mädchen einmal auch das Ganze gesehen.«

»Warum wolltest du ihn verlassen?«

Juliette antwortete nicht sofort. Auf diese Frage war

sie nicht vorbereitet gewesen, und sie bemühte sich jetzt, so aufrichtig wie möglich zu antworten.

Sie begann mit einer Gegenfrage.

»Hast du das Gefühl, dass du wirklich lebst, dass alles um dich herum – Wände, Gegenstände – fest und real ist?«

Da Sophies Miene sich verdüsterte und sie ihre Augenbrauen zusammenzog, fuhr Juliette fort:

»Reg dich nicht gleich auf! Ich habe nur versucht, dir begreiflich zu machen, was ich meine. Mit Adrien war mir das weniger bewusst geworden, denn wir waren beide wie zwei Korken, die auf den Wellen des bewegten Pariser Lebens hin und her geschaukelt wurden.

Mit Prédicant war es anders, da wurde nur ich hin und her geschaukelt. Er stand fest auf den Füßen, auf seinen mächtigen Beinen. Er fühlte sich am Boulevard Raspail zu Hause und erst recht in seiner Druckerei in der Avenue Châtillon. Er hat sich überall zu Hause gefühlt, im Café de Paris, in seinem Club, im Bois de Boulogne oder im Theater. Und alle Dinge waren wirklich für ihn, unsere Tochter ebenso wie die modernen Maschinen, die er aus Amerika kommen, und die neuen Gebäude, die er in Montrouge errichten ließ.

Ich könnte dir noch von der Monotypie, von Platin- oder Lambert-Pressen erzählen, und ich kenne auch die Geschichte von Ottmar Mergenthalers Linotype-Setzmaschine noch in- und auswendig – dafür reicht mein Gedächtnis noch! –, die sein wagemutiger Vater schon 1890 importierte, als in Frankreich noch niemand an sie glaubte, und die ihm schließlich ein Vermögen einbrachte.«

»Du hast dich gelangweilt«, murmelte Sophie vor sich hin.

»Dazu hatte ich nicht einmal Zeit. Ich führte ein großes Haus, hatte meinen *jour fixe*, wir gaben Abendgesellschaften und gingen viel aus. Deine Mutter war zweieinhalb Jahre alt, als der Krieg ausbrach. Prédicant wurde nicht eingezogen, weil er Zeitungen druckte, die als unentbehrlich für die Stimmung im Land galten.«

»Und Adrien?«

»Ich traf mich nicht mehr mit ihm. Prédicant hätte es nicht zugelassen. Zwischen ihnen hatten ein paar Gespräche stattgefunden, über die ich nie etwas erfahren habe, in denen es aber wahrscheinlich um die Scheidung ging. Als ich dann sehr viel später wieder mit Adrien zusammenlebte, habe ich ihn nie danach gefragt, ob er sich damals hat auszahlen lassen.

Ich weiß aber, dass er eingezogen wurde und anfangs als Wachtposten in einem Ministerium gedient hat; später hat man ihn zur Zensurbehörde versetzt.«

Sophie beharrte auf ihrer Frage.

»Du wolltest Prédicant verlassen?«

»Nicht zu dem Zeitpunkt. Erst einige Jahre nach dem Krieg, und es ist auch nicht ganz korrekt zu sagen, dass ich es wollte. Die Welt hatte sich verändert. Die Frauen trugen Bubikopf und Kleider ungefähr von der Art, wie ihr sie heute wiederentdeckt.

Von Kindheit an wollte ich jemand sein, der zählt,

und in dem Haus am Boulevard Raspail habe ich nicht mehr gezählt als bei meinen Eltern und später dann bei deinen.

Prédicant wartete immer darauf, dass wir einen Sohn bekämen, und hatte keine Ahnung, dass ich alles tat, um das zu verhindern. Ich habe sogar zweimal abgetrieben.

Die Erfahrung mit deiner Mutter hat mir gereicht. Sie ist eine echte Prédicant, und der arme Mann hätte mir eigentlich dankbar sein müssen, denn ein Sohn wäre vielleicht nach mir geschlagen.

Ich habe Liebhaber gehabt, weniger aus dem Bedürfnis, mit ihnen zu schlafen, als weil ich immer noch auf irgendetwas anderes hoffte. Ich war inzwischen über vierzig. Die Männer meines Alters haben sich nicht mehr für mich interessiert. So musste ich mich wohl oder übel anderweitig umsehen, vorzugsweise bei … Geniert dich das?«

»Überhaupt nicht.«

»Ich habe mir unter den Männern jemanden gesucht wie …«

Sie zeigte mit dem Kinn zum Schlafzimmer hinüber, wo Lélia vor Ungeduld und Trotz inzwischen zu singen angefangen hatte.

»Damals hat es am Montparnasse von ehrgeizigen jungen Leuten nur so gewimmelt, und manchmal bin ich dort auch Adrien begegnet, der sich eine Zeit lang als Bildermakler betätigte. Er brachte mich gelegentlich mit damals noch armen Malern zusammen.

Prédicant hat schließlich alles erfahren, und daraufhin habe ich ihm den Vorschlag gemacht, mich von ihm zu trennen. Ich hatte kein Geld, denn in unserer Ehe herrschte Gütertrennung. Dennoch und trotz all der Jahre, die ich schon auf dem Buckel hatte, war ich entschlossen, mich in das Milieu der Rotonde, des Café du Dôme und all der kleinen Nachtlokale zu stürzen, die wie Pilze aus dem Boden schossen und wo man auch Frauen meines Alters begegnen konnte.

Es war mir gleichgültig, dass ich dann meine Tochter nicht mehr sehen würde.

Ich sagte mir, dass einige Jahre wirkliches Leben mehr wert seien als ein langes Dahindämmern in einem fremden Haus.

Prédicant hat sich geweigert, mir meine Freiheit zu geben. Nicht etwa, weil er mich brauchte, sondern einfach, weil sich eine Scheidung in seinen Kreisen nicht gehörte. Als ich aber darauf bestand und ihm damit drohte, einfach wegzulaufen, sobald die Tür offen stände, hat er ein Blatt Papier aus seiner Brieftasche gezogen. Es war ein Verzeichnis all meiner Liebhaber und Rendezvous, die Beschreibung gewisser wilder Abende und Nächte bei Künstlern, ja, sogar eine Aufstellung der Geldbeträge, die ich einigen Freunden gegeben hatte.

Damals, im Jahre 1928, fiel zum ersten Mal das Wort ›Anstalt‹. Er hatte allerdings noch nicht Sainte-Anne im Sinne. Prédicant hat mir vielmehr mit einem unbeschränkten Aufenthalt in einem abgelegenen Erholungsheim gedroht.

Ich wusste, dass er dazu entschlossen war, und auf mich hätte schon deshalb niemand gehört, weil er von amtlicher Seite volle Unterstützung erwarten konnte.

Deine Mutter war inzwischen ein junges Mädchen. 1930 nahm ich an ihrer Hochzeit teil. Sie heiratete einen noch ziemlich jungen Verleger, der von seinem Großvater ein Vermögen geerbt hatte und entschlossen schien, seinen Weg zu machen.

Prédicant und ich haben nur noch in der Öffentlichkeit miteinander gesprochen. Wenn ich ihn, ohne meine Festnahme zu riskieren, hätte umbringen können: ich glaube, ich hätte es getan. Er ist dann aber im Jahre 1936 ganz ohne mein Zutun gestorben.

Dabei war er nicht einmal krank. Er ist einfach mitten auf der Straße zusammengebrochen, umringt von Gemüsefrauen.

Diese ganze Geschichte haben dir deine Eltern nicht erzählt, oder sie haben sie dir anders erzählt. Für dich und deine Schwester war ich einfach nur eine alte Frau, die beim Essen am unteren Tischende und abends reglos und stumm in einem Winkel des Salons saß.

Ich war siebenundfünfzig Jahre alt, als Prédicant starb. Deine Mutter hat alles geerbt, die Druckereien, die Häuser, das Vermögen. Du bist bereits heute reich, weil du deinen Erbteil von deinem Vater bekommen hast. Aber wenn du einmal deine Mutter beerbst, wenn du das Vermögen von Prédicant bekommst, dann bist du eine steinreiche Frau. Verstehst du? Steinreich!«

Die Alte verzog ihre Mundwinkel zu einem schiefen

Lächeln, was ihr zum ersten Mal einen unangenehm vulgären Ausdruck verlieh. Dann fuhr sie fort:

»Dieses Geld ist genau betrachtet durch mich in die Familie gekommen, auch wenn nicht ich es verdient habe: Durch mich ist es an deine Mutter gegangen, und so wird es eines Tages deiner Schwester und dir zufallen. Ich bedaure das nicht. Ich bin nicht neidisch. Wenn ich es wirklich gewollt hätte, so hätte ich schon Mittel und Wege dazu gefunden.

Was blieben mir noch für Möglichkeiten, mit fast sechzig und ohne einen Sou im Sack? Am Montparnasse war nichts mehr los, und nüchtern betrachtet hätte ich höchstens noch als Blumenverkäuferin durch die Cafés ziehen können.

Ich war überzeugt, ich würde nicht sehr alt werden. Daher habe ich dann auch das Angebot deiner Mutter angenommen und bei euch am Boulevard Saint-Germain ein Zimmer bezogen.

Ich wusste genau, dass sie mich nicht aus Barmherzigkeit oder Mitleid und schon gar nicht aus Zuneigung aufgenommen hatte. Wie ihr Vater, der mich nicht hat gehen lassen wollen, hat auch sie nur den Skandal gefürchtet, wenn ich frei herumlaufen würde.«

Sie wandte die Augen ab, aus Angst, man könnte einen plötzlichen Gedanken in ihnen lesen: dass sich nämlich ein Vergleich mit der gegenwärtigen Situation anstellen ließ.

»Ich bin ihnen nicht böse. Deine Mutter gehört als Tochter Prédicants einer Welt an, die ihre eigenen Gesetze und Prinzipien hat. Es hilft ihnen vermutlich, mit sich und den anderen in Frieden zu leben. Zumindest mit den anderen, das ist ziemlich sicher. Aber mit sich selbst? Glaubst du, dass deine Mutter mit sich in Frieden lebt?«

Weshalb sollte Sophie darauf überhaupt antworten? Sie wussten sowieso beide, dass dies nicht der Fall war, und die Alte vermied es tunlichst, dieselbe Frage auch in Bezug auf Sophie zu stellen.

Nun schwiegen beide.

Lélia sang noch immer, wobei sie hartnäckig kreuz und quer durch das Schlafzimmer lief.

»Hast du jetzt gehört, was du wissen wolltest?«

Sie fragte es wie ein Schulmädchen vor der Wandtafel.

»Denkst du noch immer darüber nach, ob ich geistig gesund bin? Habe ich mich am Boulevard Saint-Germain je von dem mir zugewiesenen Platz gerührt, und habe ich Kost und Logis vielleicht nicht mit Diskretion und Würde bezahlt?

Es gibt einen Menschen in der Familie, dem ich noch immer dankbar bin, und das ist dein Vater. Ich habe keine Ahnung, was er über mein Leben wusste. Es würde mich wundern, wenn deine Mutter ihm alles erzählt hätte. Aber er hat wohl ziemlich viel geahnt und mich immer mit freundlicher Neugier betrachtet.

Im Beisein seiner Frau hat er mir lieber nicht zu viel Aufmerksamkeit geschenkt und mich nicht verwöhnt. Dafür hat er mir ab und zu einen komplizenhaften

Blick zugeworfen, und manchmal hat er sich von deiner Mutter unbemerkt in mein Zimmer gestohlen und irgendein winziges Geschenk auf meine Kommode gelegt, im Krieg zum Beispiel eine Leckerei, einen Riegel Schokolade oder ein Rosinenbrötchen.«

Sophie zeigte sich verwundert.

»Ich möchte schwören«, fuhr die Alte fort, »dass auch er nach irgendetwas gesucht hat, das er weder bei seiner Frau noch bei euch beiden fand, außer vielleicht, als ihr noch klein wart. Und dann starb er schon mit siebenundvierzig Jahren.

Weißt du, ich habe sogar manchmal gedacht: Wenn dein Vater und ich im selben Alter gewesen wären und das Glück gehabt hätten, uns zu begegnen …«

Sie lachte.

»Sophie, du musst mich jetzt unterbrechen, sonst glaubst du am Ende noch, ich sei in deinen Vater verliebt gewesen.«

Sophie lachte nicht, sie lächelte nicht einmal. Plötzlich erhob sie sich und riss die Schlafzimmertür auf.

»Kannst du nicht endlich damit aufhören?«, brüllte sie Lélia an.

Sie knallte die Tür zu. Dann schenkte sie sich das erste Glas seit Beginn des Gesprächs ein und sagte halblaut vor sich hin:

»Ich biete dir nichts an, denn ich habe keine Lust, dass es wieder von vorne anfängt.«

»Ich möchte sowieso nichts. Glaubst du mir jetzt?«

»Was soll ich glauben?«

»Alles, was ich gesagt habe.«

Sophie antwortete leicht widerstrebend:

»Ja.«

»Du kannst mir ruhig weitere Fragen stellen.«

»Das gefällt dir, nicht wahr?«

»Ich will nur, dass es keine Missverständnisse mehr gibt und dass du mich verstehst. Ich glaube, du beginnst mich zu verstehen. Ich habe in meinem Leben alles getan, was man nicht tun soll, alles, wovor man uns immer warnt.«

Dabei betonte sie das »*man uns immer warnt*« besonders.

»Ich habe dafür bezahlt, ohne zu klagen und ohne jemanden um einen Gefallen zu bitten.«

Sie korrigierte sich mit einem Schlenker:

»Außer dich.«

»Worum hast du mich denn gebeten?«

»Das weißt du genau: dass ich mir in deiner Wohnung ein eigenes Eckchen einrichten darf.«

»Das stimmt nicht. Du wusstest doch gar nicht, ob ich überhaupt noch lebe oder schon tot bin. *Ich* habe dich doch von der Rue de Jouy weggeholt.«

»Ich habe mich geweigert, in eine Anstalt zu gehen. Ich habe damit gedroht, mich aus dem Fenster zu stürzen.«

»Das hättest du auch getan.«

»Ich würde es auch jetzt noch tun.«

Das war keine Drohung. Sie sprach diese Worte ganz sanft aus, so als wollte sie sich dafür entschuldigen.

»Selbst wenn man alt ist, fällt einem das schwer, aber es kommt der Augenblick, wo man schließlich keinen anderen Ausweg mehr sieht. Überleg einmal selbst, nach allem, was du jetzt über mich weißt, wie viele von meinen nun achtzig Jahren ich wohl wirklich gelebt habe. Du würdest dich wundern. Wenn man die guten Augenblicke aneinanderreiht, die Augenblicke, in denen man glaubt, wirklich man selbst gewesen zu sein, so bleibt fast nichts übrig: ein paar Erinnerungen, die sich an einer Hand abzählen lassen.

Und doch sind sie es, an denen man sich festhält.

Ich bedaure nichts. Ich schäme mich nicht einmal. Ich habe keine Gewissensbisse. Ich hatte genug Zeit, um nachzudenken und verstehen zu lernen.

Ich werde mich später an Dinge erinnern, an die ich in diesem Augenblick nicht denke und die bestimmt wichtig sind.

Ich habe versucht zu nehmen, und ich habe versucht zu geben. Nicht aus Mitleid. Ich habe nie Mitleid eingefordert und auch kein Mitleid mit anderen gehabt ...«

»Ich weiß!«, warf Sophie ein.

Leise, fast drohend, entgegnete die Alte:

»Nein, du weißt nichts. Wenn du Bescheid wüsstest, würdest du sofort diesen, wie heißt er noch ... rufen!«

Sie erhob sich, ging auf den Kamin zu und las, was auf der Visitenkarte stand:

»Doktor Paul Barbanel ... Telefon 47–94 ...«

Dann änderte sie plötzlich den Ton:

»Sollen wir nicht erst einmal essen? Hast du keinen Hunger?«

8

Als Lélia mit einer wirren Haarsträhne im Gesicht und einem hämischen Blick aus dem Schlafzimmer trat, war sofort klar, dass sich ein Streit nicht vermeiden ließe. Sie betrat theatralisch den Raum und merkte nicht, wie lächerlich sie wirkte. Sie wiegte ihre mageren Hüften hin und her und starrte die beiden Frauen, die bereits am Tisch saßen, mit einem Ausdruck an, der eigentlich spöttisch gemeint war, in Wirklichkeit aber nur Aggressivität verriet.

Sophie sagte sanft:

»Setz dich.«

Lélia zog eine Schnute. Da sie die gewisse Sicherheit und Bequemlichkeit, die sie hier bei ihrer Freundin genoss, nicht aufgeben wollte, hielt sie sich noch zurück. Trotzdem begann sie, kaum hörbar – so wie Kinder manchmal wilde Drohungen ausstoßen, dabei aber hoffen, dass niemand sie hört und versteht – vor sich hin zu murmeln:

»Soll ich mich wirklich setzen?«

Noch war nicht alles verloren. Es war ziemlich beunruhigend zu beobachten, wie Lélia von ihren Gefühlen hin- und hergerissen wurde.

»Meinst du das ehrlich?«

Noch einen Schritt weiter, und es gab kein Zurück mehr. Lélia tat diesen Schritt.

»Seit du wieder in den Schoß deiner Familie zurückgefunden hast, frage ich mich …«

Ihre Stimme klang verächtlich, während sie die alte Frau musterte, die es für nötig gehalten hatte, ihre runzlige Hand besänftigend auf Sophies Hand zu legen.

»Setz dich und sei still.«

»Ich habe ja noch so viel Anstand im Leib, dass ich mich niemandem aufdränge. Das kann hier wirklich nicht jeder von sich behaupten.«

Nun waren die Würfel gefallen. Eine Ohrfeige unterblieb zwar, weil Sophie am Tisch saß und Lélia zwei oder drei Schritte von ihr entfernt stand, aber Sophies ausdrucksloser Blick besiegelte das Urteil.

»Trag das Gedeck ab, Louise!«

Lélia äffte sie nach.

»*Trag das Gedeck ab, Louise!* Soll das Mädchen doch anderswo essen! Soll das arme Vieh doch einen anderen Unterschlupf finden! Hier ist gegenwärtig schon alles besetzt. Man hat die liebe Großmutter wiedergefunden und kann jetzt keine Herumtreiberin mehr brauchen. Aber gut, eigentlich habe ich es immer gewusst! Und eines Tages ist dann sie an der Reihe, und dann die Nächste.«

Sie zeigte mit dem Finger auf Juliette.

»Du musst doch endlich merken, dass sie bösartig ist und dich hasst, dass sie, seit sie dieses Haus betreten hat, alles daransetzt, dich zugrunde zu richten. Aber mach nur so weiter, meine Liebe! Wehr dich, wenn du das Zeug dazu hast. Ich werde es ja nicht mehr erleben, wer von euch beiden die Partie gewinnt.«

Sie ging ins Schlafzimmer zurück und knallte die Tür so heftig zu, dass der Schlüssel aus dem Schloss fiel. Gleich darauf streckte sie ihren Kopf noch einmal durch den Türspalt.

»Guten Appetit!«

Die Tür ging wieder zu, und man konnte hören, wie sie ihre Koffer packte. Etwas später kehrte sie ins Atelierzimmer zurück, würdigte die beiden schweigenden Frauen aber keines Blicks, sondern suchte nur aus dem Stapel von Schallplatten die ihren heraus, um sie mitzunehmen.

Juliette warf Sophie einen Blick zu, in dem die Frage stand:

›Willst du sie nicht zurückhalten?‹

Sophie stellte sich dumm und aß langsam weiter. Das Dienstmädchen bediente schweigend. Draußen fiel Schnee. Man hörte Lélia telefonieren; sie rief ein Taxi. Dann erschien sie ein letztes Mal. Unter ihrem Leopardenfellmantel trug sie ein Kostüm, auf ihrem bleichen Haar saß eine Pelzmütze.

Sie trat auf Louise zu.

»Ich nehme an, dass es bei Leuten von Welt üblich ist, ein Trinkgeld zu geben, bevor man weggeht.«

Sie streckte Louise zerknitterte Geldscheine hin, und da diese sie nicht zu nehmen wagte, ließ sie sie einfach auf den Teppich fallen.

»Viel Glück, die Damen! Amüsiert euch gut!«

Sie hätte sich einen besseren Abgang gewünscht, aber es fiel ihr nichts mehr ein.

Kurz darauf hörte man, wie sie im Korridor mit den Koffern gegen die Wand stieß, schließlich fiel die Tür hinter ihr ins Schloss.

Es folgte ein sehr langes Schweigen, dann sagte Juliette ruhig und schlicht:

»Ein Hälmchen im Wind.«

Es war die Tageszeit, zu der die Bars zwischen den Champs-Élysées und der Seine, die Sophie gewöhnlich aufsuchte, noch menschenleer waren. Der Nachmittag hatte von Anfang an eine merkwürdige Färbung, einen anderen Rhythmus, so als würde Sophie plötzlich in einen Albtraum geraten.

Sie hatte sich nichts Genaues vorgenommen. Sie war nicht mit der Absicht von zu Hause weggegangen, etwas trinken zu gehen, sondern sie wollte ganz im Gegenteil wieder auf klare Gedanken kommen, indem sie sich ins Auto setzte und über die Landstraße fuhr, wie sie es schon am Vortag fast getan hätte.

Am Steuer ihres roten Wagens hatte sie den Bois de Boulogne durchquert und war nach Saint-Cloud gelangt. Kaum hatte sie die große Autostraße erreicht, musste sie abbremsen und sich in eine lange Schlange einreihen, die wegen der zum Teil festgefrorenen Schneeschicht nur entnervend langsam vorankam.

Zwei- oder dreimal musste sie den Versuch zu überholen aufgeben, weil ein von gestikulierenden Polizisten umringter Unfallwagen oder ein Abschleppfahrzeug die Straße versperrte.

Schließlich hatte sie kehrtgemacht und war gereizt und unzufrieden in einer Bar an der Avenue George-V gelandet.

»Einen Scotch, Jean.«

Sie saß allein vor den aufgereihten Flaschen und den Gläsern, in denen Fähnchen steckten.

»*… du musst doch endlich merken, dass sie bösartig ist und dich hasst …*«

Auch Lélia fand Worte, die trafen. Zwar hatte Sophie damit nichts Neues erfahren, doch nachdem der Satz einmal ausgesprochen und der Gedanke in Worte gefasst war, wurde er irgendwie konkret.

Der Polizeikommissar, der so eifrig darum bemüht gewesen war, als Mann von Welt zu erscheinen, hatte die Situation auf seine Weise dargestellt und dabei ein scheinbar genaues Bild entworfen, doch wie gewisse Gemälde war es allzu ausgewogen, und die von ihm vorgeschlagene Lösung, die auf den ersten Blick so einfach schien, gab es in Wirklichkeit gar nicht.

»Noch einen, Jean!«

Sie nahm sich vor, nur gerade so viel zu trinken, dass sie wieder zu sich selbst finden und eine gewisse innere Wärme spüren würde, dann wollte sie aufhören.

Juliette hatte Sophies Fragen beantwortet und konnte es gar nicht erwarten, noch weitere Fragen mit einer genüsslichen Offenheit zu beantworten. Und es stimmte, was sie selbst betont hatte: Sie sprach nur über sich, stellte nur ihre eigene Person in Frage und beschuldigte niemanden.

Und dennoch war ihr Bekenntnis letztlich niederdrückender als jede Beschuldigung.

Sophie versuchte, alles von sich abzuschütteln und wieder ein wenig ins Lot zu kommen. Der Barkeeper stützte die Ellbogen auf die Theke und signalisierte so, dass er gerne mit ihr plaudern würde, doch Sophie hatte keine Lust dazu und ging lieber wieder, um in einer anderen Bar in der Rue François-Ier Zuflucht zu suchen.

Dort saß nur ein einziges Paar in einer Ecke, das vermutlich bald aufbrechen würde, um in der erstbesten Absteige zu verschwinden. Die Frau würde sich in dem öden Hotelzimmer ausziehen, und die beiden würden sich lieben, ohne jede Hemmung, wie auf einer obszönen Fotografie.

Juliette …

Sie wollte an etwas anderes denken, doch immer wieder kam ihr die Großmutter in den Sinn: Worte, Satzfetzen, Gedanken, die sie geäußert hatte und die wie Samenkörner in sie eingedrungen waren und jetzt keimten und immer größer wurden.

Noch wenige Tage zuvor hatte Sophie sich ganz ungebunden gefühlt, hatte keine Wurzeln gespürt, und jetzt band man sie plötzlich an alte Gräber, an Menschen, die sie ansahen, als hätten sie irgendwelche Ansprüche auf sie, als könnten sie über ihre Zukunft mitreden.

Sogar ihren Vater, den einzigen Menschen, an den sie unbeschwert zurückdenken konnte, schien die alte Frau auf ihre Seite gezogen und vereinnahmt zu haben. Zwischen den beiden hatte tatsächlich eine Wesensverwandtschaft bestanden – da behauptete Juliette nichts Falsches –, Sophie erinnerte sich an flüchtige vertrauliche Wortwechsel, an verstohlen abgelegte Schokoladenstücke oder Brötchen auf Möbelecken.

Gott weiß, wie es der Alten gelungen war, mit wenigen Worten ein unwirkliches Bild entstehen zu lassen, das nun im Kopf der jungen Frau immer festere Formen annahm: Sie sah ihren Vater und eine jüngere Juliette, wie sie Händchen hielten, sich anlächelten, ganz hingerissen voneinander waren, jene Juliette, von der die Männer früher immer wissen wollten, was sie dachte.

Zwei, drei Stunden lang versuchte Sophie auf andere Gedanken zu kommen, indem sie immer wieder in die Kälte und den nun dichter fallenden Schnee hinausging, um sich dann in einer anderen Bar mit der ewig gleichen Bewegung auf einen anderen Hocker zu schwingen und mit der ewig gleichen Geste auf die Whiskyflasche zu deuten. Die ganze Zeit, während ihre Hand mit jeder neuen Zigarette, die sie sich ansteckte, stärker zitterte, kämpfte Sophie innerlich gegen ihre Großmutter an und geriet dadurch nur immer tiefer in den Dunstkreis der Alten hinein.

Hatte ihre Großmutter dieses Spiel nicht ihr Leben lang getrieben? Sie beherrschte es inzwischen so gut, dass jeder Stich saß. Manche dieser Stiche waren so subtil, dass man sie erst nachträglich spürte, wenn die Wunde sich plötzlich entzündete.

Alles, was sie sagte, schien auf eine eiskalte, böse, gnadenlose Weise wahr zu sein.

Dabei hatte sie sich nicht einmal die Mühe gemacht, ihrerseits Fragen zu stellen oder Neugier zu zeigen. Schließlich wusste sie ja schon alles! Sie hatte praktisch nicht über Sophie geredet. Sie hatte keine Meinung über sie geäußert. Aber sie hatte sie dazu gezwungen, sich selbst von außen zu betrachten.

»Sind Sie heute ohne Lélia unterwegs?«

Inzwischen war es draußen dunkel geworden. Immer mehr Leute drängten sich jetzt in den Bars, wo bald ein lautes Durcheinander herrschte und der Zigarettenqualm immer dichter wurde. In der Hoffnung, ihren inneren Frieden unter irgendwelchen beliebigen Mitmenschen zu finden, überquerte Sophie, die noch nicht in der Stimmung war, nach Hause zurückzukehren, die Champs-Élysées und ging die Rue du Colisée hinunter.

Dort sahen die Leute und auch die Bars anders aus. Wenn es irgendwo keinen Whisky gab, ging sie einfach wieder und erntete dafür spöttische Blicke.

Nach Lélias ungeschicktem Auftritt und missglücktem Abgang hatte die Alte nur einen kurzen Satz gesagt, der aber so endgültig klang wie eine Grabinschrift. Sie hatte recht. Sie hatte immer recht. Lélia wäre sowieso früher oder später fortgegangen. Und vermutlich war ihr auch kein langes Leben beschert.

Juliette hatte eine Begabung, ihren Finger stets auf den schwachen Punkt der Leute zu legen, auf Wunden, die man schon vernarbt geglaubt hatte. Sie tat es nur ganz sanft, ohne Nachdruck, fast zärtlich, aber es tat trotzdem weh, und der Schmerz ließ nicht etwa nach, sondern breitete sich immer weiter aus.

Sophie war halb betrunken, das spürte sie, und sie sah es auch, als sie zwischen zwei Flaschen hindurch ihr Gesicht im Spiegel entdeckte. Aber jetzt war es zu spät, um aufzuhören, und letztlich war es vielleicht besser so. Wer weiß, ob sie diese Nacht überhaupt nach Hause an den Quai de Bourbon zurückkehrte und nicht stattdessen woanders schlief, schon um auf diese Weise die lauernde alte Frau zu ärgern?

Am meisten irritierte es sie, dass sie ihr nicht wirklich etwas vorwerfen konnte. Schließlich war es ganz natürlich, dass eine achtzigjährige Frau, die wieder Anschluss an eine Familienangehörige gefunden hatte, das Verlangen spürte, sich auszusprechen, und im Grunde hatte Sophie selbst sie dazu veranlasst.

Die Sache ließ sich nur schwer erklären. Sobald Juliette ein Wort oder auch nur den Namen einer Person in den Mund nahm, wurde alles bedeutungsschwer und bedrohlich: Die Menschen, über die sie sprach, erstarrten unweigerlich zu Statuen.

Gleichzeitig ließ sie aber auch gute Worte einfließen, Worte, die unter anderen Umständen Trost spendeten, jedoch dadurch, dass sie von ihr ausgesprochen wurden, ihre wohltuende Kraft einbüßten.

Auch Sophie gab sich ja seit Jahren alle Mühe. Nein! Sie wollte und konnte das jetzt nicht mehr sagen und nicht einmal mehr denken, seit die andere erklärt hatte:

»… du und ich, wir sind uns zu ähnlich …«

Gerade so, als trügen sie beide ein schreckliches Mal auf der Stirn!

Sie versuchte, sich von dem Gedanken zu befreien, blickte in die lebendigen Gesichter um sich, sah Münder, Augen, von der Kälte gerötete Wangen; atmete den Geruch verschiedener Aperitifs und von Kaffee ein; Worte und Satzfetzen drangen an ihr Ohr, Männer stießen sich gegenseitig an und zeigten auf sie.

Sie zuckte mit den Schultern. All dies, und auch die Vorübereilenden, die im trüben Licht der Busse bewegungslos sitzenden Fahrgäste, der Bettler mit seinem schneebedeckten Bart, die Schaufenster, die dunklen Winkel: dieses ganze Gewimmel gehörte einer Welt an, von der sie wie durch eine unsichtbare Mauer getrennt war. War all das überhaupt wirklich?

Juliette hatte recht. Wie hatte sie noch gesagt? Man hätte jeden ihrer Gedanken aufschreiben müssen, um alles wörtlich zu haben. Alles war wichtig, vor allem die Nuancen, und bei ihrer Großmutter gab es so viele Nuancen!

Schließlich hatte sie achtzig Jahre lang nachgedacht. Eine kleine bohrende Maschine saß in ihrem Schädel, den nur noch ein schütterer Haarschleier bedeckte.

»… Ich habe mich angehängt …«

Nein! Da war noch etwas anderes gewesen, ein wichtigerer Satz, den sie wiederfinden musste, denn er war für Sophie bestimmt gewesen.

Es war auch nicht die Sache mit den kranken Hunden. Es hatte nur indirekt etwas damit zu tun.

»... Ich habe versucht zu nehmen ...«

Von den Männern zu nehmen, ihre Kraft und Seelenruhe aufzusaugen.

»... Und dann habe ich versucht zu geben ...«

Vielleicht hatte sie damit behaupten wollen, dass das letztlich dasselbe, also im Grunde ein Symptom für ein und dieselbe Schwäche sei. Man nimmt, weil man schwach ist. Man gibt, um stark zu erscheinen: also auch nur aus Schwäche.

Es war mühsam, sich so voranzutasten, wie bei einem nächtlichen Marsch auf einem aufgeweichten Landweg.

Wem hatte Juliette versucht etwas zu geben? Etwa Adrien, als sie wieder zu ihm zog?

Sophie hatte ihn damals in der Dunkelheit des Boulevard Saint-Germain nur knapp wahrgenommen. Jahrelang war er für sie bloß eine Silhouette, eine Kindheitserinnerung gewesen, mit der sie die Vorstellung eines Clochards verband.

Und nun war aus dieser Gestalt Adrien geworden, dessen Sessel in ihrer eigenen Wohnung am Quai de Bourbon stand.

Ihr Großvater dagegen hieß einfach Prédicant, ohne Vornamen, und merkwürdigerweise kam Sophie das ganz natürlich vor.

Ein Mann schaute sie mit glänzenden Augen an,

ein junger Spanier in Lederjacke. Seine Hände waren schwielig, und seine Haltung drückte gleichzeitig Schüchternheit und Arroganz aus.

Gerade eben, in der Rue François-Ier, hatte sie sich ein Zimmer mit einem Bett und einem Liebespaar vorgestellt, und weil sie es sich mit derselben Detailbesessenheit ausgemalt hatte, die auch Juliettes Berichte kennzeichnete, geriet sie plötzlich in Versuchung. Konnte dies nicht ein geeignetes Mittel sein, um dem Ganzen wenigstens für einen Augenblick zu entrinnen?

Sie wandte den Kopf nicht ab, sondern blickte in das unbekannte Gesicht, sah das kurze Schnurrbärtchen über der zu einem selbstgefälligen Lächeln hochgezogenen Lippe.

Der Kellner hinter der Theke beobachtete sie beide.

»Was schulde ich Ihnen?«, murmelte sie.

Der Spanier hatte ihr mit seinem Mienenspiel eine Frage gestellt. Sie beantwortete sie mit einem Blinzeln. Kaum hatte sie draußen zehn Meter zurückgelegt, als sie hinter sich eilige Schritte hörte.

Juliette hatte sie kürzlich gebeten, einmal über das Nerzfutter ihres Regenmantels streichen zu dürfen. Dieser Spanier hier achtete überhaupt nicht darauf, so sehr war er davon überzeugt, dass es sowieso nur Kaninchen sei, denn er machte sich offenbar falsche Vorstellungen von seiner Begleiterin.

Es blieb ihr überlassen, ein Hotel zu suchen, denn er kannte sich in dem Viertel nicht aus. Er konnte sein Glück kaum fassen und verstand überhaupt nicht, weshalb seine Begleiterin ihm nicht im Voraus Geld abverlangte, auch wunderte er sich, dass sie sich wortlos, und ohne zuerst die Vorhänge zu schließen, nackt auszog.

Als er wegging, folgte sie ihm nicht, und das Zimmermädchen, das wenig später mit frischen Handtüchern hereinkam, traf Sophie in tiefem Schlaf an.

Als sie aufwachte, wusste sie nicht, dass die Nacht schon weit fortgeschritten war. Dann hörte sie dicht vor dem Fenster Autobusse vorbeifahren und begriff, dass sie sich nicht auf der Île Saint-Louis befand. Sie tastete nach einem Lichtschalter. Bettüberwurf, Sessel und Tischdecke waren von recht zweifelhafter Reinlichkeit.

Als sie die Treppe hinunterging, lief jemand hinter ihr her.

»Das macht fünfzehnhundert Franc. Ich muss Ihnen den Preis für die Nacht berechnen.«

Sie zahlte wie im Traum und machte sich dann auf die Suche nach ihrem Auto, denn sie konnte sich nicht mehr erinnern, wo sie es abgestellt hatte. Sie kehrte noch in zwei Bars ein, bevor sie die Avenue George-V erreichte.

»Sie hasst mich«, raunte sie vor sich hin, als sei es eine Zauberformel.

Es spielte keine Rolle, dass Lélia ihr das gesagt hatte. Ob Lélia wohl im Patate gerade ihren Auftritt hatte oder irgendwo allein in einer Ecke hockte und trank?

Wie auch immer, es war so ein Tag, an dem man sich am besten betrank, und das galt für Lélia ebenso wie für sie! Sie konnten gar nichts Besseres tun. Die Alte hatte gewonnen. Sie würde einfach immer gewinnen. Man konnte sie ja nicht umbringen. Juliette hatte auch nicht gewagt, Prédicant umzubringen, weil es zu gefährlich war.

Als Sophie mit ihrem Auto losfuhr, war sie ganz stolz, dass sie eine rote Ampel gerade noch rechtzeitig sah, um scharf bremsen zu können. Sie hatte den Eindruck, dass der diensthabende Verkehrspolizist sie misstrauisch ansah. Aber schließlich hatte sie nichts Falsches gemacht. Sie hatte angehalten. Als die Ampel auf Grün schaltete, fuhr sie mit kreischenden Reifen los, und es war nicht ihr Fehler, dass ihr allzu nervöses Auto dabei einen Satz nach vorn machte. Ein leichter Knoblauchgeschmack erinnerte sie an den Spanier, der sie für eine betrunkene Hure gehalten hatte und den sie nie wiedersehen würde.

Sie hatte ihn genau betrachtet. Sie hatte ihn sogar die ganze Zeit über betrachtet, während sie an bestimmte Äußerungen ihrer Großmutter dachte.

Sie brauchte wirklich kein Mitleid mit ihr zu haben. Das verlangte Juliette auch nicht. Sie empfand ja selbst kein Mitleid. Wie hatte sie noch gesagt?

»... Nein, du weißt nichts. Wenn du Bescheid wüsstest, würdest du sofort Doktor Barbanel rufen.«

Der so höfliche Polizeikommissar hatte sich extra zu Sophie bemüht, um ihr diese Lösung vorzuschlagen. Vielleicht war es doch das Richtige? Mit welchen Geständnissen hielt die Alte wohl noch hinter dem Berg, die schrecklich genug waren, um sie sofort einsperren zu lassen?

»Ich bin betrunken, und ich hasse sie.«

Juliette hatte ihr etwas geraubt; nicht Geld oder Schmuck, keine Dinge, die man wieder ersetzen konnte, sondern etwas, was einem niemand nehmen durfte. Sophie konnte im Moment nicht genauer angeben, was es war, weil sie zu betrunken war. Es gab dazu ein ganzes Evangelium, das sie in der Schule gehört hatte, denn sie war von Ordensschwestern erzogen worden.

»Ich hasse sie! Ich hasse sie!«

Wütend stellte sie den Motor ab, schwang sich aus dem Wagen und knallte die Autotür mit ebensolcher Wucht zu wie Lélia am Tag zuvor die Schlafzimmertür. Sie machte extra solchen Lärm, denn sie war hier zu Hause, bei der echten Sophie Émel, die sich genug angestrengt hatte, um die zu werden, die sie heute war, und nicht etwa bei jener Sophie, die ihre Großmutter in die Welt zu setzen versuchte.

Kein Mensch durfte sich so etwas herausnehmen! Sie machte überall Licht, behielt Schuhe und Mantel an, durchquerte entschlossen die Küche und steuerte auf die Tür zu, hinter der, wie sie wusste, die alte Frau schlaflos im Bett lag.

Aber offenbar hatte sie doch geschlafen, denn ihr Gesicht, das so plötzlich vom Deckenlicht bestrahlt wurde, war weich und aufgedunsen, ihre Wangen glühten, und die Augen waren rot umrändert. Sie war betrunken! Zwei leere Literflaschen und ein benutztes Glas als Stillleben auf dem Tisch bezeugten es.

So waren sie also alle beide betrunken! Gleichstand!

In dieser Nacht hatte sich wohl alle Welt betrunken, umso besser, da brauchte man kein Blatt vor den Mund zu nehmen.

Die Alte wirkte erschrocken und schwieg, während Sophie mit entschlossener Miene ins Atelierzimmer ging und mit Whisky zurückkam.

»Willst du auch welchen?«

»Danke, ich habe schon zu viel getrunken.«

»Und wenn du getrunken hast, empfindest du Mitleid, oder?«

Juliette blickte sie verstört an.

»Was meinst du? Mitleid mit wem? Sprichst du von Lélia?«

Nicht gerade besonders scharfsinnig, noch von Lélia zu sprechen, nachdem diese doch längst von der Bildfläche verschwunden war. Lélia war um diese Zeit wohl ebenfalls betrunken.

»Mitleid mit dir selbst! Du hast mir gesagt …«

»Was habe ich dir gesagt?«

»Du hast mir gesagt … Hör zu! … Du hast mir gesagt, dass du nie Mitleid mit anderen hattest und dass, wenn ich einmal Bescheid wüsste …«

Juliette zog die Decke bis zum Hals hoch, als könnte sie sich damit schützen.

»Erinnerst du dich?«

»Ich glaube, ja.«

»Das war vor dem Essen … Dass ich dann Doktor Barbanel rufen würde …«

»Und, hast du das vor?«

»Nein! Ich will lediglich herausbekommen, wie bösartig du bist. Denn du bist doch bösartig, nicht wahr?«

»Ich bin unglücklich, Sophie.«

»Man kann unglücklich und trotzdem bösartig sein. Jetzt erzähle!«

»Was soll ich dir denn erzählen, guter Gott!«

»Du weißt es ganz genau. Ich sehe es dir an. Ich bin zwar betrunken, aber trotzdem ganz klar im Kopf.«

Sie wiederholte noch einmal befriedigt:

»Betrunken, aber klar!«

»Sophie!«

»Rede.«

»Willst du mich loswerden? Willst du, dass ich gehe?«

»Ich will, dass du die Wahrheit sagst.«

»Welche Wahrheit denn?«

Sie versuchte noch immer, den Fragen auszuweichen.

»Du weißt doch, dass ich dir die Wahrheit gesagt habe.«

»Aber nicht die volle Wahrheit.«

»Wie kommst du denn auf die Idee?«

»Durch dich.«

»Trink besser nichts mehr, Sophie. Du weißt ja nicht mehr, was du tust. Ich bin krank. Ich fühle mich schlecht. Du solltest lieber Louise rufen, damit sie sich um mich kümmert.«

»Wenn du krank bist, dann kann ich ja Doktor Barbanel rufen.«

»Hab doch Erbarmen!«

»Jetzt rede!«

Juliette spürte, dass sie sich nicht mehr herauswinden konnte, und gab nach.

»Es hat nur etwas mit Adrien zu tun. Dich betrifft das gar nicht, weil du ihn nicht gekannt hast und er dir nichts bedeuten kann.«

»Was hast du Adrien getan?«

»Nichts. Er war es selbst. Ich bin sehr alt, Sophie, eine alte Frau, die nicht mehr lange zu leben hat, und du stehst da und bedrohst mich.«

»Was ist mit Adrien?«

»Er war schon monatelang gebrechlich, konnte nicht mehr aus dem Bett, das er auch einnässte. Aber ich musste ihm trotzdem immer Alkohol besorgen. Er hat es verlangt und wurde dabei immer herrischer. Wenn dann seine Schmerzen kamen, hat er so laut gestöhnt, dass die Nachbarn an die Wand klopften. Er war gemein zu mir. Er hat mich nur noch ›Die Alte‹ genannt und mir an allem die Schuld gegeben. Ich war vollkommen erledigt von dem ewigen Treppauf, Treppab, um ihm alles heranzuschleppen, was er verlangte.«

Sophie hielt die Flasche in der Hand, bereit, jeden Augenblick einen neuen Schluck zu nehmen. Sie schwankte leicht.

»Er hat nie einen Arzt an sich herangelassen. Davor hatte er Angst. Er wusste, dass man ihn dann ins Krankenhaus gebracht hätte, aus dem er nicht mehr lebend herausgekommen wäre.«

»Hast du ihn umgebracht?«

Die Alte wurde plötzlich aschfahl.

»Warum sagst du das?«

»Weil ich von dir die Wahrheit hören will.«

»Nicht ich war es. Er selbst, wie ich dir schon gesagt habe. Wenn seine Schmerzen unerträglich wurden, hat er immer irgendwelche Pillen geschluckt, ich weiß nicht einmal, was das für Zeug war. Zu Zeiten, als er sich noch in die Bistros des Saint-Paul-Viertels schleppen konnte, hat er einen ehemaligen Apotheker kennengelernt, der sich durch Trinken vollkommen ruiniert hatte. Er wurde nur Doc genannt. Dieser Doc hatte die verrückte Angewohnheit, dauernd Medikamente, die noch aus seiner Apothekerzeit stammten, aus den Taschen zu ziehen und nach rechts und links zu verteilen. Ich wusste, wo ich ihn finden konnte, wenn die Pillen einmal ausgegangen waren. ›Immer nur eine‹, hat er mir mit einem merkwürdigen Lachen eingeschärft. ›Höchstens zwei.‹ Ich schwöre dir, dass ich noch immer nicht weiß, was das für ein Mittel war. Eines Tages hat Adrien dann zwei davon genommen. Er war betrunken und brüllte vor Schmerzen. Die Pillen haben ihn beruhigt, und er hat ein Weilchen geschlafen.

In solchen Fällen hat er nicht mehr wahrgenommen, was um ihn herum geschah, er hat jedes Zeitgefühl verloren und wusste auch sonst nicht mehr viel, und manchmal hat er mich mitten in der Nacht aufgeweckt, weil er glaubte, es wäre Tag.«

»Hattest du Mitleid mit ihm?«

»Was willst du damit sagen? Hör auf zu trinken, ich flehe dich an! Ich tue alles, was du willst, aber sieh mich nicht mehr so an. Ich gehe von hier weg, wenn du mir das befiehlst, morgen früh, sobald es Tag wird, aber stell jetzt diese Flasche hin, und schau mich nicht mehr so drohend an.«

»Wie hast du es angestellt?«

»Ich hatte keine Kraft mehr, so weiterzumachen. Das war kein Leben mehr, weder für ihn noch für mich. Nach vielleicht zehn, fünfzehn Minuten ist er wieder aufgewacht. Er hat auf den Nachttisch geblickt und mich gefragt:

›Warum gibst du mir nicht meine Pillen? Soll ich vielleicht verrecken?‹

Er hat das gesagt. Es ist die reine Wahrheit.«

»Und du hast sie ihm gegeben?«

»Er hat es verlangt.«

»Ist er gleich darauf gestorben?«

»Fünf Stunden später.«

»Musstest du ihm dazu noch eine dritte Dosis verabreichen?«

Sophie war sich nicht bewusst, mit welchem Abscheu sie auf die alte Frau im Nachthemd hinabstarrte, die jetzt aus dem Bett glitt und sich ihr zu Füßen hinkniete.

»Verzeih mir, Sophie! Du hast mich nicht richtig erklären lassen. Du hast mich mit deinen Fragen überrumpelt. In Wirklichkeit war es ganz anders.«

Sophie stieß sie zurück, setzte wieder die Flasche an, als wollte sie auf der Stelle stockbetrunken umfallen.

Adrien war nicht wichtig. Die Tat der Alten war nicht

wichtig. Es kam nur auf das an, was sich zwischen ihnen beiden jetzt abspielte, und das schien ihrer beider Kräfte zu übersteigen.

»Mein Kopf ist klar!«, sagte sie höhnisch lachend.

»Was meinst du?«

»Nichts.«

»Sophie!«

Sophie wand sich los und verließ das Zimmer. Sie ging in ihr Schlafzimmer, schloss ihre Türe ab und warf sich angezogen aufs Bett.

Mit zusammengebissenen Zähnen vergrub sie sich in ihren Albtraum, ließ sich bereitwillig in einen Abgrund fallen, ja, genoss das Gefühl sogar, immer tiefer hinunterzustürzen.

Nur kein Mitleid! Alles war wahr und deshalb ganz falsch. Es gab keine Wahrheit mehr, keine Tränen und kein Lächeln, nur noch *erbarmungslose* Statuen!

»Sophie!«

Irgendwo hörte man die Alte schreien, aber Sophie kam gar nicht auf die Idee zu antworten. All das lag schon weit hinter ihr.

»Sophie! Ich flehe dich an, mach auf! Ich muss dich sehen, dich in meiner Nähe haben. Du musst mir irgendetwas sagen. Ich bin alt und krank. Ich werde dir nicht mehr wehtun, ich verspreche es. Ich werde den Mund halten. Ich …«

Sie trommelte mit den Fäusten an die Tür, ein Widerhall davon drang in Sophies Traumwelt.

»Sophie, wenn du nicht aufmachst, werde ich …«

Einen Augenblick lang hob Sophie den Kopf vom Kissen, um zu horchen.

»Wenn du nicht aufmachst, wenn du mir nicht sagst, dass du mir verzeihst, dann mache ich das, was ich immer gesagt habe, und dann bist du mich los ...«

Die junge Frau ließ den Kopf zurückfallen und sank wieder in ihren Albtraum. Endlich schlief sie mit verzerrtem Gesicht ein.

Dumpfe Schläge rissen sie aus dem Schlaf, und eine andere Stimme, Louises Stimme, schrie:

»Mademoiselle! ... Die Polizei ist hier ...«

Was ging sie das an?

Eine andere Stimme fragte:

»Haben Sie nicht einen Zweitschlüssel?«

»Ich glaube, dass der von meinem Zimmer in das Schloss passt.«

Kurz darauf schüttelte das Dienstmädchen sie an den Schultern und hielt ihr ein Glas frisches Wasser an die Lippen.

»Ihre Großmutter ...«

»Was?«

Ein junger Polizist mit von der Kälte geröteten Wangen stand an der Türschwelle und murmelte verlegen:

»Ich möchte Sie bitten, mit hinunterzukommen, um die Leiche zu identifizieren, die mein Kollege und ich auf dem Gehsteig gefunden haben ...«

Es war noch dunkel draußen. Die Concierge stand mit versteinertem Gesicht im Morgenrock und mit Lockenwicklern im Haar hinter der Glastür ihrer Loge. Ein

Grüppchen von fünf oder sechs Personen wartete im frischen Schnee, wo die Schritte Spuren hinterlassen hatten.

»Die Concierge behauptet, dass diese Person bei Ihnen gewohnt hat. Stimmt das?«

»Es ist meine Großmutter.«

Die beiden Polizisten blickten sich an, sahen dann wieder die benommene junge Frau an, die nach Alkohol roch und noch die Schuhe und den pelzgefütterten Regenmantel vom Vorabend anhatte.

»Der Kommissar wird Sie gleich nachher aufsuchen.«

Sophie stieg die fünf Stockwerke wieder hinauf und taumelte dabei hin und wieder gegen die Wand. Oben wartete Louise auf sie, mit einem strengen, dramatischen Gesichtsausdruck.

»Sie können mir dankbar sein, dass ich nichts gesagt habe.«

Und da Sophie nicht zu hören schien:

»Wenn ich mir vorstelle, dass Sie die arme alte Frau mitten in der Nacht aufgeweckt haben, nur um sie zu quälen! Ich werde Sie nicht heute schon verlassen, um Ihnen keine Schwierigkeiten zu machen. Aber sobald die Formalitäten erledigt sind ...«

Die Visitenkarte des Doktor Barbanel lag immer noch auf dem Marmorsims des Kamins. Sophie zerriss sie mechanisch in kleine Fetzen.

Dann war sie allein im Atelierzimmer, wo jemand, der Polizist oder Louise, das Fenster wieder geschlossen hatte. Sie setzte sich hin und wartete auf den Kommissar, der vermutlich gerade damit beschäftigt war, sich anzuziehen.

Als ihr Blick zufällig auf die Uhr fiel, bemerkte sie erstaunt, dass es erst vier Uhr morgens war. Im Patate saßen bestimmt noch einige Gäste herum, und es spielte noch Musik.

Es galt jetzt, ganz von neuem zu beginnen, sich an etwas anderes zu hängen.

Hatte nicht Juliette das so gesagt?

Immer wieder Juliette!

Noland, Échandens (Vaud), Januar 1959

DIE GROSSEN ROMANE
Band 99

Georges Simenon
Die Tür
Aus dem Französischen von Linde Birk
208 Seiten, Taschenbuch
ISBN 978-3-455-01475-4
Atlantik Verlag

Nachdem er bei der Explosion einer Mine beide Hände verloren hat, kehrt Bernard Foy als Invalide aus dem Krieg zu seiner Frau Nelly zurück, mit der er eine liebevolle Ehe führt. Ihr Glück scheint unerschütterlich, bis zu dem Tag, als unter ihnen der Zeichner Mazaron einzieht – an dem Nelly Gefallen zu finden scheint. Bernard entwickelt eine Obsession für diesen neuen Nachbarn, der dort hinter einer Tür mit Porzellanknauf lebt und seine heile kleine Welt bedroht.

»Was ich lese? Ich lese alles von Simenon, und wenn ich damit durch bin, beginne ich noch mal von vorne.«
Claude Chabrol

DIE GROSSEN ROMANE
Band 116

Georges Simenon
Der Glaskäfig
Aus dem Französischen von Stefanie Weiss
224 Seiten, Taschenbuch
ISBN 978-3-455-01477-8
Atlantik Verlag

Émile und Jeanne Virieu führen ein zurückgezogenes Leben mit sorgfältig gepflegten Ritualen. Als Korrektor in einer Druckerei arbeitet Émile Tag für Tag in einem Glaskäfig und korrigiert Druckfahnen. Hier fühlt er sich sicher, als Beobachter, der auf das Leben der anderen blickt. Doch dann wird Émiles Ruhe gestört: Sein Schwager hat eine Geliebte und will die Scheidung, Émiles Schwester sucht seinen Rat, und dann ziehen auch noch neue Nachbarn ein. Die Frau nebenan fasziniert den gebeutelten Émile – und sie lockt ihn aus seinem Glaskäfig heraus. Ein packender später Roman des Meisters psychologischer Dramen.

»Simenon ist nicht nur der größte Erzähler unserer Tage. Seine Spannweite, seine Vielseitigkeit und allein schon seine Produktivität verblüffen seine Anhänger und versetzen seine Kritiker in Rage.«
Patricia Highsmith

DIE GROSSEN ROMANE
Band 3

Georges Simenon
Die Verlobung des Monsieur Hire
Aus dem Französischen von Grete Osterwald
Mit einem Nachwort von Christian Petzold
176 Seiten, Taschenbuch
ISBN 978-3-455-01481-5
Atlantik Verlag

Monsieur Hire wird in der Nachbarschaft gemieden, niemand will etwas mit dem kleinen Mann zu tun haben, der von krummen Geschäften lebt. So fällt der Verdacht schnell auf den Sonderling, als in der Gegend eine junge Frau ermordet wird. Monsieur Hire ahnt nicht, dass er von der Polizei beschattet wird und beobachtet weiterhin seine heimliche Liebe, das hübsche Dienstmädchen Alice, das sich ihm in den Fenstern des Nachbarhauses präsentiert. Und er kann sein Glück kaum fassen, als Alice eines Tages vor seiner Tür steht und ihn um Hilfe bittet.

»Unter Simenons außergewöhnlichen psychologischen Romanen einer der eisigsten und doch mitfühlendsten.«
The New York Times Book Review

DIE GROSSEN ROMANE
Band 106

Georges Simenon
Die Beichte
Neuübersetzung aus dem
Französischen von Sophia Marzolff
192 Seiten, Taschenbuch
ISBN 978-3-455-01414-3
Atlantik Verlag

Als der sechzehnjährige André Bar mit seiner Freundin Francine
durch Nizza bummelt, wird er zufällig Zeuge, wie seine Mutter
ein Stundenhotel verlässt. Auch Madame Bar hat ihren Sohn gesehen. Hat sie eine Affäre? Von einem Moment auf den anderen
gerät die Ehe aus den Fugen. Die Eltern versuchen, den entsetzten
Sohn zu beschwichtigen – und ziehen ihn damit bloß immer tiefer
in die Geschichte ihrer Ehe. Dabei will André einfach nur seine
Ruhe haben.

»Simenon lesen, das ist zum einen eine Erinnerung an die frühen
Lesesüchte. Als Bücher noch eine Droge waren. Und Simenon
lesen ist, als sähe man dem Leben direkt ins Auge.«
Thomas Andre, *Hamburger Abendblatt*

DIE GROSSEN ROMANE
Band 71

Georges Simenon
Tante Jeanne
Aus dem Französischen von Inge Giese
224 Seiten, Taschenbuch
ISBN 978-3-455-01342-9
Atlantik Verlag

Eine Frau kehrt in ihre alte Heimat zurück – und erfindet sich neu

Jeanne ist mit einundzwanzig aus dem Elternhaus ausgerissen, hat mit ihrem Mann die Welt bereist und wünscht sich nun einen ruhigen Lebensabend in ihrer alten Heimat. Doch der Zeitpunkt ihrer Rückkehr ist alles andere als glücklich gewählt. Nichts ist mehr wie früher, und in dem Haus ihres Bruders erwartet sie eine Katastrophe: Er hat sich erhängt. Kurzerhand übernimmt Jeanne das Ruder der Familie und findet so statt der ersehnten Ruhe eine neue Aufgabe.

»Nach dem Lesen eines Romans von Simenon fällt mir
das Leben jedes Mal einen Tag lang leichter.«
Friedrich Ani

DIE GROSSEN ROMANE
Band 96

Georges Simenon
Der Teddybär
Aus dem Französischen von Ingrid Altrichter
208 Seiten, Taschenbuch
ISBN 978-3-455-01410-5
Atlantik Verlag

Der angesehene Pariser Gynäkologe und Chirurg Jean Chabot kann sich nicht mehr auf seine Arbeit konzentrieren: Er wird von einem Unbekannten verfolgt, der sein Leben bedroht. Chabot kann mit niemandem darüber sprechen, geht es doch um eine unglückliche Affäre, die unbedingt geheim bleiben muss. Während ihm seine Assistentin den Rücken freihält, entgleitet dem Arzt zunehmend die Kontrolle. Schließlich fasst er einen Entschluss, für den ein hoher Preis zu zahlen ist.

»Das Allzumenschliche ... hat Simenon unnachahmlich aus Kitsch und scharfsinniger Psychologie, aus Kolportage und großartigem Realismus entwickelt.«
Franz Schuh, *Die Zeit*

MAIGRET
Band M30

Georges Simenon
Maigrets erste Untersuchung
Aus dem Französischen von Hansjürgen Wille,
Barbara Klau und Annette Walter
Mit einem Nachwort von Hanjo Kesting
256 Seiten, Taschenbuch
ISBN 978-3-455-00734-3
Atlantik Verlag

Ein Mann hört einen Schuss und den Hilferuf einer Frau. Doch es ist mitten in der Nacht und auf dem Polizeirevier von Saint Georges ist nur der junge Sekretär des Kommissars anzutreffen: Jules Maigret, 26 Jahre jung und unerfahren. Er wittert die Chance auf seine erste Ermittlung – und er weiß, er darf sie nicht vermasseln. Doch der junge Maigret findet keine Spur und stößt außerdem auf mächtige Gegner mit guten Verbindungen zur Polizei. Er hat nicht nur einen kniffligen Fall zu lösen, Maigret muss sich auch fragen, ob er für diesen Beruf wirklich geeignet ist.

Mit diesem besonderen Roman blickt Simenon auf die Anfänge des berühmten Kommissars zurück und legt den Grundstein für dessen Karriere.

»Ich habe viel von Simenon gelesen und fühle mich ihm nahe,
insbesondere seinem Maigret.«
Patrick Modiano

WANDELN SIE AUF DEN SPUREN VON JULES MAIGRET ENTLANG DER SCHÖNSTEN FLÜSSE FRANKREICHS.

Rhône und Saône führen direkt in die Genusslandschaften von Frankreichs Süden. Sie erschließen altehrwürdige Städte wie Lyon, Arles und Avignon sowie lichtdurchflutete Naturkulissen. Wilde Pferde und Flamingos lassen in der Camargue das Herz aufgehen. Im sonnigen Klima dieser Landschaften, in denen Beaujolais und Côtes du Rhône reifen, spüren Sie das Laissez-faire französischer Lebensart.

Ob Edith Piaf, Claude Monet oder Picasso – sie alle ließen sich von Frankreichs magischem Norden inspirieren. Keine einzige Facette dieser Schönheit lässt die Seine auf ihrer Reise in Richtung Atlantikküste bis nach Le Havre aus. Unzählige Sehenswürdigkeiten wie Eiffelturm, Louvre oder Champs-Élysées erwarten Sie in Paris. In der traumhaft schönen Normandie erkunden Sie den pittoresken Seefahrer- und Künstlerort Honfleur. Auf ihrem Weg fließt die Seine vorbei an tiefgrünen Wiesen und hin zu kalkweißen Hochufern.

time to discover

Alle Informationen rund um unsere Flusskreuzfahrten in Frankreich finden Sie unter www.nicko-cruises.de/simenon

nicko cruises Schiffsreisen GmbH
Mittlerer Pfad 2 | 70499 Stuttgart
+49 (0) 711 248 980 - 0 | info@nicko-cruises.de

nicko cruises®